KB105134

귀환병사

요람 新무협 판타지 소설

FANTASTIC ORIENTAL HEROES

귀환병사 13

요람 新무협 판타지 소설

초판 1쇄 찍은 날 § 2014년 7월 24일
초판 1쇄 펴낸 날 § 2014년 7월 31일

지은이 § 요람
펴낸이 § 서경석

편집부장 § 권태완
편집책임 § 이효남

펴낸곳 § 도서출판 청어람
등록번호 § 제387-1999-000006호.
등록일자 § 1999. 5. 31
어람번호 § 제2-2520호

주소 § 경기도 부천시 원미구 부일로 483번길 40 서경B/D 3F (우) 420-822
전화 § 032-656-4452 팩스 § 032-656-4453
http://www.chungeoram.com
E-mail § chungeorambook@daum.net

ISBN 979-11-316-9131-1 04810
ISBN 978-89-251-3414-7 (세트)

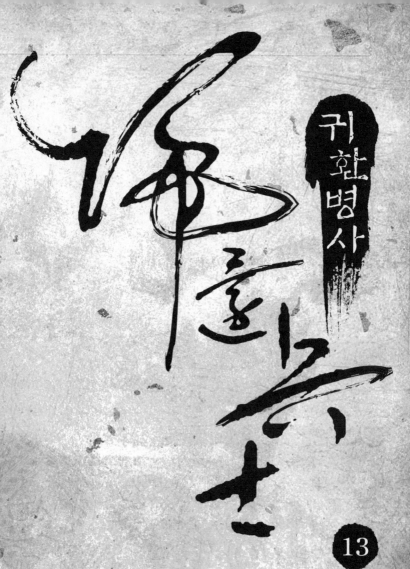

요람 新무협 판타지 소설

FANTASTIC ORIENTAL HEROES

귀환병사

13

도서출판 청어람

제114장 인계(引繼)   7

제115장 의선녀(醫仙女)   25

제116장 회복(回復)   47

제117장 고립(孤立)   73

제118장 곤원(悃願)   93

제119장 소검후(小劍后)   117

제120장 탈출계(脫出計)   171

제121장 이상징후(異狀徵候)   191

제122장 필사의 탈출(必死ㅡ 脫出)   223

제123장 중원행(中原行)   253

第百十四章

인계(引繼)

절강성(浙江省).

하늘에 천상이 있으면, 땅에는 이곳이 있다는 말이 생겼을 정도로 유명한 항주를 품고 있는 성이다.

그 모든 향락이 모여 있는 곳.

절강성에는 그런 항주만큼이나 유명한 것을 또 품고 있다.

바로 항주에서 배를 타고 나와 대해로 빠져나오면 만나게 되는 주산군도(舟山群島)다.

군도란 말 그대로 크고 작은 섬을 모두 포함해 한데 묶어 부르는 말. 그럼 주산군도가 왜 유명할까?

그저 섬이 많아서?

아니면 경관이 수려해서?

둘 다 아니다.

주산군도가 유명한 건 이 군도 내에 아주 작은 섬, 그 작은 섬이 품고 있는 산 하나. 이 산 하나에 자리 잡은 절 때문이다.

보타산(普陀山)이다.

그리고 이 보타산에 자리 잡은 절의 이름은 보타암(普陀庵). 중원천지 불문의 성지 중 하나이기 때문에 주산군도가 항주에 버금갈 정도로 유명한 이유였다.

보타암.

중원 불문의 사대성지가 있는데, 보타산은 구화산, 오대산, 아미산과 함께 어깨를 나란히 하는 불교의 명산이었다.

그런 곳에 자리 잡은 절이 보타암이고, 그런 보타암의 반대쪽에 자리 잡은 무림 문파가 하나 있었으니, 바로 여인만 받는다는 검문이다.

검문(劍門).

너무나 유명한 곳이다.

지금은 아니지만 훨씬 옛 시대의 강호에는 세습적으로 내려오는 직위가 하나 있었다.

바로 당대(當代) 여중제일검(女中第一劍). 검후(劍后)의 직위다.

그래서 주산군도는 옛날부터 항주와 더불어 절강성에서 가장 유명했다.

그리고 그 유명함은 성의 살림을 풍족하게 했고, 결과적으로 중원의 모든 성 중 가장 풍족한 성으로 손꼽히는 것도 절강성이었다.

모든 불자들이 방문을 원하지만, 사실 방문도 쉽지 않은 곳이었다.

보타암과 검문이 전부 여인들만 기거했고 아픔, 한이 있는 여인들이 많았기 때문에 상당히 폐쇄적인 성향이 짙었기 때문이다.

그럼에도 이곳이 관광지가 된 이유는 바로 옆 섬에서도 보타암을 대표하고, 그 자체라 칭해지는 거대한 석불상을 관찰할 수 있기 때문이었다.

그래서 보타산으로 향하는 배는 항상 서쪽에서 올라온다.

대부분 항주 쪽에서 출발하기 때문이다. 그런데 그 반대쪽에서 오는 배 한 척이 있었다.

조선의 깃발을 단 상선 한 척.

그 배는 크지 않았고, 보타산을 지나쳐 원해로 나아가는 배들의 의문, 걱정을 한 몸에 받고 보타산으로 향했다.

명의 깃발도 아니기에 주변 상선들의 걱정은 더욱 컸다. 일부는 걱정보다는 호기심으로 잠시 닻을 내리고 배가 어떻게 되나 구경했다.

허락받지 못한 배는, 검문의 무인에게 어떤 꼴을 당하는지 잘 알기 때문이다.

하지만 그들의 호기심과 걱정을 비웃듯이, 배는 가볍게 선착장에 안착했다.

거리가 멀어 제대로 보이지 않았지만, 내리는 인원은 말 두 필과, 두 명의 사람이었다. 한 가지 특이한 점이라면 이상하게 반짝거린달까?

그러나 이내 주변상선들을 신경을 껐다.

바다.

잠시 넋을 놓으면 바다가 어떤 짓을 해올지 모르기 때문이다. 아무리 근해라도 바다는 위험한 곳.

전부 다시 제대로 정신을 챙기고, 닻을 올리고 돛을 조종하기 시작했다. 그렇게 조선상선 한 척은 관심에서 멀어졌다.

* * *

"흐음, 여긴 변한 게 없군."

상선에서 내린 잿빛머리 사내, 위석호가 주변을 둘러보다가 중얼거리자 옆에 있던 조용한 여인도 같이 고개를 끄덕였다.

그러다가 고개를 뒤로 돌려 갑판을 내려오는 사람들에게 말했다.

"조심, 최대한 안 흔들리게. 자네들이 잠깐 정신을 놓으면 그 친구는 저승길을 건너니 각별히 신경 쓰는 게 좋을 거야."

나직한 경고에 두 명의 일꾼이 정신이 번쩍 들었는지 조심, 조심거리면서 갑판을 내려왔다.

그들은 긴 나무에다가 천을 엮어 만든 간이침상 비슷한 걸 바닥에 내려놓았다. 그러자 그 천 위에 사람이 보였다.

푸르죽죽하게도 보이고, 하얗게 질려 있는 것처럼도 보이는 얼굴.

미동도 없는 걸로 보아 마치 시체가 아닌가 하는 생각이 들었지만 자세히 보면 가슴에서 아주 미약한 기복이 느껴졌다.

무린이었다.

우챠이와 일기토, 생사결에 패배한 무린이 길림성에서 이곳, 절강성까지 배를 타고 넘어 온 것이다.

물론 자의는 아니었다.

의식도 없이, 그저 광검의 행동에, 소향의 행동에 강제로 이동한 무린이었다.

슥.

위석호가 무린의 손목을 잡았다.

"괜찮나요?"

그때 은발의 여인, 미오가 조용하고 나직한, 무혜보다도 서늘한 목소리로 물었다. 진짜 서리가 잔뜩 낀, 냉기가 뚝뚝 떨어지는 목소리였다.

근데 그게 전혀 이상해 보이지 않았다.

은발의 머릿결에 맞물려 너무나 자연스러워 보였다.

"그래, 재미있군. 동그란 바퀴 같은 놈 하나가 필사적으로 옆구리를 보호하고 있어. 부러진 뼛조각이 장기를 못 찌르게."

"기공이군요."

"맞아. 기공이지. 호신강기와는 전혀 다른 놈이야. 외부를 막는 게 아닌 내부, 몸 안쪽에서 활동하면서 보호하는 것 같군. 재미있어. 이게 이 친구를 살리는군. 이놈이 없었다면 이 친구는 벌써 죽었을 거다."

"이 또한 운명이겠죠."

피식.

그 운명이라는 말에 위석호가 비릿하게 웃었다.

마치 운명이라는 그 단어 자체를 비웃는 것 같았다. 아니, 실제로 위석호는 그 단어를 비웃고 있었다.

"운명이겠지. 이 더러운 운명… 근데 좀 미안하군."

"……."

미안하다는 말에 미오의 얼굴도 경직이 됐다.

안 그래도 무표정한 얼굴이 경직되니, 마치 곧바로 도집에 손을 얹고 뽑아, 후려칠 것처럼 느껴졌다.

물론, 실제 그런 일은 일어나지 않았다.

잠시 침묵 후, 미오가 먼저 입을 열었다.

"저희 탓이 아니에요."

"정말 그렇게 생각해? 우리 탓이 아니라고?"

"…네."

"그럼 누구 탓이지?"

위석호의 질문에 미오의 인상이 서서히 다른 표정을 만들어냈다.

그것은 분노. 서리가 잔뜩 낀, 북해의 빙공보다도 차가운 분노였다.

"그자……."

"큭, 크크."

미오의 말에 위석호는 웃었다.

누구를 말하는지 알기 때문이다.

하지만 위석호는 그자가 누군지, 말을 꺼내지 않았다. 말해봤자… 아무것도 할 수 없기 때문이었다.

왜?

이곳에 없기 때문이다.

이 땅 전체를 뒤져도.

"그 얘긴 그만 하지. 해봤자 짜증만 나니까."

"네."

"그보다 슬슬 올 때가 됐는데……."

위석호는 주변을 다시 둘러봤다. 선착장에는 아무것도 없었다.

정말 말 그대로 선착장. 딱 배만 댈 수 있게 해놓은 곳이었다.

다른 섬의 포구처럼 이것저것 팔 수 있고 살 수 있는 상점 같은 것은 존재하지 않았다.

황량하기 그지없는 선착장을 빼면 나머지는 전부 숲이었다.

전방 오장 앞부터 숲이 시작되고 있었다.

그리고 그 중앙으로 나 있는 소로(小路) 하나.

위석호는 그곳을 주시하고 있었다.

"오는군."

"……."

위석호의 말에 미오는 대답 대신, 살짝 도병에 손을 얹었다.

언제든 터뜨릴 수 있도록 자세를 살짝 낮추는 것도 잊지 않았다.

싸늘한 예기가 서서히 그녀를 중심으로 주변으로 퍼지기 시작했다.

"워워, 진정. 그 버릇 고치라고 했지."

"하지만……."

"싸우러 온 게 아니다. 이 친구만 넘겨주고 곧바로 떠날 거야. 괜한 일 만들지 말고 도병에서 손 떼."

"네."

슥.

위석호의 말에 그녀는 마지못해 대답하고는 도병에서 손을 뗐다.

그러자 곧바로 사라지는 칼날 같은 예기.

그 예기가 공기 중으로 기화(氣化)하자 소로에서 일단의 무리가 나타났다. 인원은 전부 여섯 명.

그리고 전부 승려 복을 입은 여인들이었다.

다만, 머리는 밀지 않은 걸로 보아 정식 승려는 아닌 것 같았다. 그 유명한 검문의 검수들이었다.

그들은 곧바로 위석호와 미오에게 다가왔다.

척.

십 보정도 거리에서 멈추어선 뒤, 둘을 뚫어지게 바라보다가 가볍게 상체를 숙였다.

"오랜만이에요."

"오랜만은 무슨, 한 해도 지나지 않았구만. 후후."

"인사를 하면 대충 받으세요."

"후후, 미안하군. 어쩐지 널 보면 말장난을 걸고 싶어져서 말이야."

"그 못된 심보는 여전하군요."

"사람 심성이 어디 쉽게 변하나? 후후."

"흥."

가장 선두의 여인과 위석호의 대화였다.

둘은 잘 아는 사이인지, 허물없이 대화를 주고받았는데 한 사람은 놀리고, 한 사람은 받아주는 그런 대화였다.

선두의 여인. 정심(貞心)이 위석호의 바로 옆에 있는 무린에게 시선을 던지며 물었다. 그러자 위석호는 고개를 끄덕였다.

"그보다 이 사람인가요? 소향이 부탁한 사내가?"

"그래, 비천객이다."

"이미 숨이 끊어진 것 같은데, 살아 있긴 하나요?"

"숨만 붙어 있을 뿐이지. 빨리 치료하지 않으면 곧 떨어지겠지만."

위석호는 무린이 어떻게 생명을 유지하는지 알고 있었다.

소향과 단문영이라는 여인이 준 구명환도 하나의 이유이지만 진짜는 바로 무린을 보호하는 그 바퀴모양의 내력이다.

하지만 내력은 언젠가는 마르는 법.

구명환의 약기운을 먹고 계속해서 유지되고 있지만 빨리 손을 쓰지 않으면 언제 약 빨이 떨어지고 그 신비한 바퀴가 움직임을 멈출지 모른다.

멈추는 순간 푸슉. 뼛조각이 무린의 장기를 찌를 것이고, 그렇게 되면 안 그래도 쇠약해진 육체라 숨은 언제 떨어질지 아무도 장담할 수 없었다.

"흠……."

차분한 눈으로 정심이 무린을 살펴봤다.

좀 더 가까이 오더니 그의 손목을 살짝 잡고 눈을 감았다.

그리고 얼마 지나지 않아 손을 떼더니 위석호를 바라보며 입을 열었다.

"재미있는 기공이네요."

"느꼈나?"

위석호가 툭 묻자 정심의 눈이 살짝 가늘어졌다.

"저를 누구라고 생각하세요?"

"후후, 정심이지. 의선녀의 제자 정심."

"알면서 왜 물어봐요?"

"그냥 궁금해서 그랬지."

"후우, 하여간."

쯔쯔.

혀를 툭툭 차는 정심이었다.

검문에는 검후만 있는 게 아니었다. 검후가 알려진 이름, 직위라면 잘 알려지지 않은 별호 하나가 더 전승된다.

그게 바로 의선녀(醫仙女)다.

검후가 검에 대해 일절이라면, 의선녀는 의술에 대해서는 감히 당금 강호 제일이라고 생각해도 좋을 것이다.

정심은 의선녀(當代)의 뒤를 이을 소선녀(小仙女)였다.

예전에 위석호가 심양대회전에서 부상을 입어 사경을 헤맬 때도 의선녀 연정(連正)과 함께 다시 회생시킨 정심이었다.

즉, 의술로는 말할 것도 없이 당대 최고의 경지에 도달해 가고 있다고 보면 되었다.

"연심각(聯心閣)으로 옮겨요."

"네."

"네, 소선녀님."

그녀를 따라왔던 다섯 명의 여인들.

무공을 익히지 않은 정심과는 달리 그 다섯 여인에게서는 싸늘한 기세가 느껴졌다. 정심과는 달리 무(武), 그중 검(劍)의 길을 걷는 검문의 여검수들이었다.

양쪽에서 한쪽씩 잡고, 남은 한 명의 여인이 무린의 뒤쪽에 조용히 위치했다. 그리고는 소로를 통해 올라가는 검문의 여인들.

그들이 소로를 따라 사라지자 정심이 위석호에게 다시 시선을 던지고는 말했다.

"당신은요?"

"가야지. 안 보이나? 저기 나를 기다리고 있는 게?"

힐끗 턱짓하는 위석호였다.

그의 뒤로는 조선상선이 아직도 가지 않고 선착장에 서 있었다.

"눈치 없긴. 빨리 사라지란 소리였어요."

"이런, 미안하군."

"훙."

"후후, 꺼지라는데 꺼져줘야지. 미오, 가자."

"……"

위석호의 말에 미오는 고개만 끄덕이고는 잠시 한차례 정심을 바라보더니 이내 신형을 돌려 붕 띄었다.

날 듯이, 마치 선녀 같은 신위를 보인 미오는 곧바로 상선 안으로 사라졌다. 그걸 지켜보던 정심이 한마디 툭 내던졌다.

"운혜 아가씨한테 미움 받았네. 어쩔 거예요?"

"뭘 어째? 그게 내 잘못인가? 다 정심 네가 나한테 꼬리치니까 그런 거지. 아, 그리고 미오는 그 이름 싫어할걸?"

화락!!

위석호가 서 있던 자리에 침이 푹푹 박혔다. 그러나 위석호는 이미 저 멀리, 어느새 뱃전에 도착한 상태였다.

"웃차. 후후. 그럼 다음에 보자고."

배에 오르면 하는 위석호의 말에 정심의 눈에 쌍심지가 켜졌다.

"흥! 꺼져 버려요!"

"후후, 매정하기는."

능글맞은 위석호였다.

어쩐지 광검의 다른 모습을 본 것 같았다. 그러나 이러한 모습은 오직 정심에게만 보여주는 모습이다.

이 셋은 어려서부터 잘 알았으니까.

그 일만 아니었다면.

그 사고만 아니었다면 말이다.

정심이 잠시 한눈을 판 사이 어느새 상선은 닻을 올리고,

돛을 펴고, 저 멀리 내륙으로 나아가기 시작했다.

그러다 이내 시야에서 상선이 사라지자 정심은 소로를 따라 걸음을 옮겼다.

第百十五章 의선녀(醫仙女)

귀환병사

연심각은 각이라는 단어가 붙었지만 실제로는 전각처럼 크지 않았다. 차라리 전각이라기보다는 암자에 가까웠다.

작은 방 세 개에 창고, 부엌이 전부였기 때문이다.

물론 있을 건 다 있으니 크다 해도 되겠지만 그 각이라고 하기에는 많이 모자랐다.

검문의 여검수들은 무린을 우물 옆, 나무마루 바닥에 내려 놓았다.

그리고 잠시 뒤로 물러나자 있자 끼이익, 소리를 내고는 방문 하나가 열렸다. 그곳을 통해 나오는 사람은 희끗한 정도가 아닌 아예 백발로 변한 머리를 틀어 묶은 중년의 여인이었다.

나이는 이제 오십이 넘었을까?

얼굴에 잔주름이 있긴 하지만 아직은 정정해 보이는 이 중년의 여인이 바로 검문의 두 축 중 하나인 의선녀 연정이었다.

"정심이는?"

다가오면서 가볍게 내뱉은 그녀의 말에 검수들은 힐끗 고개를 돌려 자신들이 올라온 소로를 바라봤다.

오고 있다는 뜻이었다.

끄덕.

고개를 끄덕인 연정은 무린의 맥을 잡았다. 반개하는 눈동자가 동시에 무린의 전신을 쓸 듯이 훑어봤다.

휙.

가벼운 손짓에 무린이 상체에 걸치고 있던 옷이 펄럭이더니 뒤집혔다. 그러자 푸르죽죽하게 죽은 무린의 상체가 드러났다.

"흐음… 고약하게도 당했구나."

"그렇죠? 근데 저 옆구리를 지키는 내력. 신기해요, 정말."

연정의 말을 어느새 올라와 무린의 머리 위에 선 정심이 받았다. 정심의 말에 연정도 고개를 끄덕였다.

"그래, 신기하구나. 주인을 지키는 내력이라……"

스륵, 스륵.

연정은 어느새 무린의 손을 놓고 무린의 옆구리를 쓰다듬
고 있었다. 연정의 손은 빛나고 있었다.

그 빛은 푸른빛이었는데, 보는 것만으로도 시원한 청량감
이 들 정도로 색이 짙었다.

"의식은 역시 내상 탓이겠죠?"

"그것도 있고, 보아하니 진원지기도 충격을 입었구나. 그
래서 기력이 너무 쇠했어. 며칠 약재를 쓰면 정신은 차릴 게
다. 하지만 문제는 역시 여기겠지. 이 아이의 내력이 막고 있
어 그렇지, 안 그랬음 이미 내부 장기를 찔렀을 게다. 당장 뼈
를 바로잡아줘야 할게야."

"준비할까요?"

"그래야겠다. 소향 그 아이가 꼭 살려달라고 했으니, 살려
야겠지."

연정은 무린에게서 손을 뗐다.

그리고는 자신의 방으로 들어갔다.

정심도 자신의 방에 들어갔다.

둘 다 나올 때는 새하얀 천의를 입고 있었다. 정심의 준비
는 빨랐다. 부엌으로 들어가 아궁이에 불을 지피고, 우물에서
물을 길러 부었다.

그리고는 창고로 들어가 약재를 수없이 들고 나와 무린이

누워 있는 나무마루 근처에 가져다 놨다.

여검수들도 얼른 무린을 중심으로 천막을 쳤고, 바람이 불지 못하고 하얀 천으로 뱅뱅 주변을 감았다.

연정은 계속해서 무린의 이곳저곳을 눌러보고 있었다. 그럴 때마다 무린은 꿈틀거렸다. 신경을 건드리고 있는 것 같았다.

마지막으로 정심이 하얀 천으로 덮어놓은 쟁반 같은 것을 가지고 왔다. 그 천을 걷으니 마찬가지로 색이 하얀 작은 소도들이 보였다.

총 열 가지의 크고 작은 소도.

어느 용도를 쓰일지는 눈으로 안 봐도 훤히 보였다.

검수들은 좀 떨어진 곳에 모닥불을 지폈다.

그리고 정심은 다시 부엌으로 들어가 커다란 은제 양동이에 끓인 물을 가득 받아왔다. 그리고는 하얀색 나뭇잎 비슷한 약초 하나를 툭 던졌다.

투웅. 물결이 일었다.

그걸로 준비는 전부 끝.

아니, 연정과 정심이 다시 하얀색 천으로 얼굴을 질끈 감으면서 정말 준비는 완벽히 끝난 걸로 보였다.

"……."

"……."

이후 둘은 경건한 자세로 불경을 읊었다.

그에 여검수들도 자세를 바로 하고 가만히 고개를 숙였다. 차 한 잔 마실 정도가 지나고 나서야 연정과 정심은 불경을 끝냈다.

"다오."

"네, 여기요."

손을 내밀며 연정이 말하자, 정심은 지체 없이 그 소도를 받아들어 무린의 옆구리에 댔다. 매끈한 소도는 날카로운 예기를 품고 있었다.

마치 천하의 보도와도 같은 예기.

스륵.

그 소도를 무린의 옆구리에 대고 연정은 거침없이 그었다.

푸확!

조금 열었는데도 피가 연정의 얼굴로 확 튀었다.

새까맣게 죽어 피가 아니라 마치 다른 액체인 것 같았다. 검붉은 정도가 아니라 아예 검어 보였으니 말이다.

피가 안에서 완전히 죽어 있었다.

그러나 아무도 놀라는 사람은 없었다.

"예하야."

"네, 소선녀님."

정심의 말에 예하라 불린, 검수 중에 가장 나이가 많아 보이는 여인이 움직여 연정의 얼굴에 묻은 피를 조심스럽게 닦아냈다.

죽은피라 그런지 좋지 않은 냄새가 났음에도 닦는 예하나, 눈을 감고 그 손길을 받아들이는 연정이나 아무런 미동도 없었다.

예하가 하얀 천으로 죽은피를 다 닦자 연정이 눈살이 미미하게 찌푸리며 말했다.

"생각보다 더 심하구나."

"네, 색이 이렇게 변했으면……."

"며칠만 늦었어도 손도 못 썼겠어. 일단은 치료부터 하자."

"네."

주욱.

푸확!

피가 다시 튀었지만 연정은 이번에는 끝까지 그어 내려갔다. 뭉클뭉클 올라오는 피를 정심은 얼른 닦았다.

천을 두 개, 세 개, 내개를 쓰고 나서야 겨우 멈췄고, 마지막에는 따뜻한 물에 적신 수건으로 닦아 냈다.

그 다음 바로 연정의 하얀 면피에 쌓인 손이 움직였다.

"으음……."

"아……."

연정, 정심의 입에서 탄식이 흘렀다.

조각조각 난 무린의 갈비뼈가 보인 것이다.

하지만 연정의 손은 바로 움직였다.

이탈한 뼈를 제자리로 옮기고, 조각난 뼈들은 빠르게 제자리에 붙였다. 그리고 다시 떨어지지 않게 마치 잠자리의 날개 같은 투명한 작은 천으로 돌돌 감았다.

연정의 손길은 빨랐다.

의선녀라더니, 과연 그 명성에 맞게 거침없고 빠른 손놀림을 보여줬다. 그리고 마지막. 장기 바로 앞에서 멈추고 있는 뼈에 손을 댔다.

"신기하구나."

"네……."

그런데 신가한 광경이 눈에 들어왔다.

부러진 갈비뼈가 찌를 뻔했던 장기, 그 장기를 감싸고 있는 미약하지만 육안으로도 확실히 보이는 우윳빛의 안개 같은 기운.

마치 살아 있는 생명체처럼 무린의 장기를 보호하고 있는 일류공의 내력을 보고 둘은 신기함을 금치 못했다.

자신의 육체를 보호할 수는 있다.

내력이 된다면, 의지가 그만큼 닿는다면 일류나 절정에 들어선 무인들은 누구나 할 수 있는 일이다.

하지만 눈앞의 무린처럼 의식도 없는데 내력이 알아서 주인을 보호하지는 않는다. 의지가 따라야 하는 것이다.

"신공절학이라… 그게 이 친구를 살렸구나."

"눈으로 보니 더 신기하네요."

스윽.

연정의 손이 무린의 뼈를 뒤로 당겨 제자리에 맞췄다. 그러자 잠시 후, 무린의 장기를 보호하던 우윳빛의 내력이 사라지더니, 이내 연정이 다시 제자리에 맞추어 놓은 뼈로 옮겨 빛나기 시작했다.

그건, 육안으로 너무나 확실히 보였다.

기사였다.

"어머?"

"후후."

정심은 놀라서 탄성을 흘렸다.

반대로 연정은 웃었다.

무린의 옆구리 치료를 끝낸 연정은 곧바로 무린의 턱을 치료했다. 방법은 똑같았다. 부서지고, 쪼개진 뼛조각들을 맞추고, 투명한 종이를 감싸거나 바르고 해서 치료를 했다. 한 치의 머뭇거림도 없는 거침없는 손속이었다.

그렇게 가장 심한 두 곳을 손 본 연정은 꼼꼼하게 무린을 살폈다. 눈썹의 상처나 베인 상처들은 이미 아물어 있어 굳이 손볼 필요가 없었다.

내상도 마찬가지.

죽을 정도로 몰렸는데도 무린은 내상이 사실 그렇게 심하지 않았다. 진원지기의 손실이 있었던 것 같지만 그것은 신공의 영향으로 조금씩 매워질 일이다.

막힌 기혈이 없고, 자잘한 상처가 자연치료 되고 있다는 사실이 그걸 증명했다. 그러니 굳이 손 볼 필요가 없었다.

이는 연정에게도 신기했지만, 신공의 주인이니 이해할 수 없어도 이해하기로 한 연정이었다.

그렇게 다시 닫고, 찢고, 조립하고, 봉합하는 과정.

생각보다 너무 빨리 끝난 치료. 지금까지 걸린 시각이 한 시진에도 못 미쳤다.

실로 빠른 손속이 아닐 수 있었다.

하지만 이는 당연한 일이었다.

강호에는 그다지 알려지지 않았지만, 아는 사람은 전부 다 안다.

의선녀의 이야기를.

내상은 물론 외상까지 다스리는 그녀의 실력은 가히 하늘에 닿았다고 하는 그 이야기를 말이다.

"이제 탕약과 침으로 기력만 잡아주면 며칠 내로 의식을 차릴 게다. 그래도 피를 좀 흘려 잘못될 수도 있으니 잘 지켜보거라."

"네, 스승님."

연정은 그렇게 말하고 자리에서 일어나 옷과 면피를 벗었다. 그리고는 세안과 손을 씻고는 이내 방으로 사라졌다.

뒷정리는 당연히 정심의 몫이었으니 아무 불만 없이 정리를 시작했다.

"내 옆방에 작은 방 하나 있지? 그쪽으로 부탁할게."

"네."

정심이 치우면서 말하자, 예하라 불린 검수가 대답을 했다.

이내 다시 넷이 조심스럽게 무린을 옮겨 사라졌다.

그 뒤를 예하가 조용히 뒤 따랐다.

정심은 여검수들이 모퉁이를 돌아 사라지자, 다시 바쁘게 움직였다.

피가 묻은 천은 모닥불에 던져 소거하고, 바닥에 흥건하게 고여 있는 피도 흙을 뒤집어 존재를 없애 버렸다.

거기서 끝내지 않고 다른 곳에서 흙을 더 퍼와 아예 색조차 나오지 않게 정리를 한 다음 연정이 썼던 소도를 일일이 소독했다.

침상을 닦고, 다시 그 천은 불에 태우고를 반복했다.

오히려 정리가 연정의 치료시각보다 더욱 걸렸다. 반 시진 조금 안 되게 움직여 정리를 끝낸 정심은 허리를 펴고 기지개를 크게 켰다.

"휴우… 아차, 이럴 때가 아니지."

기력을 북돋아주는 탕약을 준비해야 했다.

더불어 그 탕약을 먹이고 침도 놔야 했다.

침이야 연정이 굳이 안하고 자신이 해도 되지만 침술이라는 것 자체가 기력이 필요로 하는 일.

아주 짧은 시각이지만 연심은 가부좌를 틀고 운기를 했다. 차 한 잔 마실 시간 동안 기를 돌리자 머리가 맑아졌다.

정심은 곧바로 탕약을 올려 달이기 시작했다.

공을 들여 약을 다 달인 그녀는 곧바로 무린에게 갔다. 방문을 열자 다른 검수들은 안 보이고 예하 혼자서 무린을 지키고 서 있었다.

"다른 아이들은?"

"수련시간이 됐다고 갔어요."

"그래? 미안하게 됐다."

"……."

정심의 말에 예하는 대답 대신 고개를 절레절레 저었다.

그런 예하에게 정심은 한차례 밝게 웃어주고는 무린의 옆에 앉았다.

"머리 좀 받혀줄래?"

"네."

예하가 무린의 뒤로 와 머리를 잡고 조심스럽게 일으켰다.

하지만 완전히 세운 건 아니고, 고개만 살짝 꺾이도록 들자 정심이 탕약을 먹이기 위해 만든 나무수저에 약을 떠서 조심스럽게 무린의 입으로 흘려 넣었다.

반은 들어가지 못하고 볼을 타고 흘렀다.

정심의 다른 손에 든 천으로 약을 닦아 내고, 다시 수저로 약을 흘려 넣었다. 그렇게 수십 차례를 반복하니 탕약이 바닥을 보였다.

"후우… 이제 놔도 돼. 수고했어."

"네."

정심의 말에 예하는 무린의 머리를 다시 조심스럽게 내렸다.

그 후 정심은 무린의 상의를 다시 벗겼다. 침을 놓기 위해서였다.

꾹꾹 손길을 짚어 혈을 확인하고 정심은 손가락 마디만 한 장침을 무린의 몸에 박아 넣었다.

침술은 상당한 심력을 소모한다.

정심의 이마에서 흐르는 땀이 그것을 증명했다. 예하가 손을 뻗어 한쪽에 있는 천을 들어 정심의 이마를 닦았다.

그러자 정심이 예하를 돌아보고 다시 웃었다.

순수한 웃음이었다.

"고마워."

"……."

또다시 절레절레.

정심은 다시금 무린에 몸에 침을 꽂았다.

열, 스물, 서른이 넘도록 정심의 손길은 이어졌고, 사십 개가 넘은 후 마지막 뇌문 근처에 침을 꽂고는 정심의 손길은 멈췄다.

"후우… 아, 고마워."

예하가 내민 천을 받아 얼굴을 닦았다.

천은 금세 축축해졌다.

꼼꼼히 땀을 다 닦은 후 정심이 말했다.

"언제 떠날 거야?"

"이 주 정도 뒤로 생각하고 있어요."

"그래? 이번에 나가면… 한동안 못 오겠지?"

"그럴 거 같아요."

"그래……."

정심의 얼굴이 풀이 죽었다.

예하(刈屠).

베고, 잘라, 바로잡다.

살벌한 이름을 이 섬에 들어와 새롭게 만들어 자신에게 붙인 여인이다.

약 삼 년 전에 지금 누워 있는 무린처럼 거의 반죽음이 되어 표류하듯 백사장에 쓰러져 있던 것을 정심이 발견했다.

다 떨어져 가는 생명을 되돌린 것은 당연히 연정과 정심이다.

그 후 검문에 의탁하다가, 얼마 전에 떠나겠다고 얘기를 했다.

삼 년이란 시간은 정이 들기에 충분한 시간이었다.

"복수… 할 거지?"

"……."

정심의 물음에 예하는, 대답 대신 침묵했다.

긍정도, 부정도 하지 않았지만 정심은 답을 들은 것 같았다.

휴우…….

깊은 한숨이 흘러나왔다.

"어디로 갈 거니?"

"북경으로 갈 생각이에요."

"북경…….”

복마전.

북경을 가장 설명하기 쉬운 단어다.

황제의 거처, 선덕제가 기거하는 신궁전을 중심으로 거미줄처럼 뻗어나가 있는 권력의 줄기들이 북경을 복마전으로 만들었다.

당연한 일이었다.

북경은 현 시대의 도성이니까.

정심은 더 이상 말하지 않았다.

그저 가만히 기다렸다가, 다시 무린의 전신에 꽂아 놓은 침을 회수하기 시작했다. 침을 회수하고 나자 어느새 예하는 사라져 있었다.

정심은 무린의 맥을 다시 잡아 봤다.

아까와는 다르게, 확실히 맥이 조금 더 힘차게 뛰고 있었다. 좋은 반응이었다. 고개를 끄덕이고 밖으로 나온 정심은 스승인 연정의 방을 찾았다.

"스승님, 정심이에요."

"들어오너라."

안으로 들어가자 연정은 자그마한 탁자에 서책을 올려놓고 보고 있었다.

인체의 모양이 보이고, 빼곡하게 글자가 적혀 있었다.

의술서적이었다.

그 앞에 가만히 앉은 정심이 잠시 기다렸다가, 연정이 서적을 닫자 말문을 열었다.

"탕약과 침으로 맥은 안정되었어요."

"그래, 이제 시간이 지나면 알아서 소생할 것이야. 우리는 그 소생의 시간을 좀 더 앞당겨 주는 역할을 하면 될 게다."

"네. 알겠어요. 참, 예하가 얼마 후 섬을 나설 거레요."

"⋯⋯."

그 말에 연정은 눈을 감았다.

후우⋯⋯.

그 후 나오는 건 짙은 한숨이었다. 그 한숨 다음에야 다시 입을 여는 연정.

"그 아이의 천명은 이곳에 있지 않으니 언제고 떠날 것이라 생각했다. 섬을 나서면 북으로 가겠구나."

"어? 어떻게 아셨어요?"

"후후, 그 아이는 소림의 불가해를 이은 아이와 연이 닿아 있다. 그 아이가 북경에 있으니, 당연히 북경으로 가겠지."

"아⋯ 한비담 소협, 그분이요?"

"그래, 예전에 소향과 같이 왔던 젊은 청년 말이다. 예하는 그 아이와 뗄레야 뗄 수 없는 관계야. 그러니 당연한 일이다."

"아⋯⋯."

정심은 고개를 끄덕였다.

후후.

크게 깨달았다는 제자의 모습에 연정은 작게 웃었다.

눈가에 자글자글하게 맺혀 있는 주름이 연정의 따뜻한 미소를 더욱 북돋아주었다.

"정심아."

"네? 네, 스승님."

"너 또한 천명이 있다."

"……"

가벼운 그 말에, 정심은 침묵했다.

왜?

"알고 있겠지. 너의 운명은 위석호. 그 아이와 닿아 있어. 네가 이곳에 온 것은 결코 우연이 아닌 게다. 내 제자가 된 것도 마찬가지지. 그러니 곧 섬을 떠날 일이 생길 게다. 준비해 두거라."

"하지만 스승님……."

눈망울에 맺히는 건 습기다.

그 습기를 보고도 연정은 매몰차게 고개를 저었다.

"지금의 환란은 아무것도 아니란다. 앞으로 더욱 큰 환란이 다가올 것이야. 너는 그때를 위해 태어났다. 하늘이 그 환란을 막으라고 보낸… 아이들 중에 하나란다. 어쩔 수 없는 일이야. 네가 내키지 않아 이곳에 틀어박힌다면… 수없이 많은 사람들이 죽을 명이 아님에도, 죽을 것이다."

"……"

소선녀 정심.

그녀 또한 하늘의 명을 받은 여인이었다. 뒷방에 쥐죽은 듯 누워 있는 무린과 같은 입장이란 소리였다.

닿아 있는 연은 광검 위석호.

마녀에게 대항할 자들을 보살펴줄… 의원이었다.

"곧 비천객의 연인이 올 것이야. 문인. 그 친구의 손녀아이지. 너는 비천객이 기력을 회복하는 데로 따라나서거라."

"스승님. 잠시만요. 너무 갑작스럽게……."

"갑작스럽지 않다. 원래는 더 전에 말해주었어야 하지만… 내 걱정 때문에 지금까지 미룬 것이다. 두 번 말하지 않을 테니 준비하거라."

"네……."

이미 이렇게 말을 하면 결코 번복이 없다는 걸 그녀는 안다. 그래서 결국 수긍의 대답을 내놓을 수밖에 없는 정심이었다.

그 후 연정은 다시 서적을 폈다.

그건 연정만의 축객령이었다.

어쩔 수 없이 일어난 정심은 밖으로 나왔다. 나왔더니 어느새 저 끝으로 떨어지는 해의 모습이 보였다.

낙조(落照)의 붉은 현상이 왜인지 정심의 눈에는 피가 떨어지는 것처럼 보였다. 사실 그녀도 소향과 연정의 대화를 몰래 들어 알고 있었다.

몇 년 전 만난 소향은, 연정에게 이렇게 일러뒀다.

언젠가, 거대한 환란이 올 것이고 그때가 오면 소선녀의 힘이 반드시 필요하게 될 것이라고.

그러니 제발, 제발 그때까지 최대한 의술을 가르쳐 놓으라고.

거짓말로 치부하기에는 연정의 그 후 행동이 너무나 소향, 그 아가씨의 말처럼 흘러갔기에 부정할 수 없었다.

그리고 어렸을 적 꾸었던 꿈 때문에 더더욱 그럴 수 없었다.

"후우……."

답답했다.

갑작스럽게 나온 스승의 말에, 정심은 가슴이 바짝 마르고, 갈라지는 기분을 느꼈다. 하지만 이내 도리도리 고개를 젓고, 양손으로 뺨을 찰싹찰싹 때렸다.

정신을 차리기 위해서였다.

다시금 걸음을 옮겨 무린이 누워 있는 방으로 들어간 정심은 문을 닫고, 무린의 얼굴로 시선을 돌렸다가 깜짝 놀라고 말았다.

"엄마야!"

"……."

화들짝 놀라 뒤로 물러난 정심은 손으로 입을 가리고 무린

을 빤히 쳐다봤다. 그런 그녀의 시야 마찬가지로 자신을 바라
보고 있는 무린의 눈동자가 잡혔다.

무린이 강호에 발 디디고 난 뒤, 세 번째 회생(回生)이었다.

第百十六章 회복(回復)

"내 말이 들리나?"

"……."

정심의 호들갑과 함께 방을 찾은 연정도 무린을 보고 놀랐다. 그 정도의 부상을 입고도 벌써 의식을 차렸다는 게 그녀가 한평생 배웠던 수많은 의술의 상식의 선을 가볍게 넘어섰기 때문이었다.

하지만 놀라는 것도 잠시, 곧바로 무린의 옆에 앉아 진맥을 하기 시작했다. 단지 무린의 맥을 짚은 것만으로도 그녀는 호오라, 하고 탄성을 흘렸다.

"신기하구나. 물어볼 것도 없겠어. 후후후."

"……."

힘없지만, 무린은 정확히 웃는 연정을 직시하고 있었다. 그 눈빛은 아주 또렷해서, 굳이 무린이 정상인지 아닌지 물어볼 필요가 없어 보였다.

하지만 연정은 다시 물었다.

"다시 묻겠네. 내 말이 들리나?"

"……."

하얀 천이 턱을 고정하기 위해 칭칭 감고 있어 침묵이지만, 대답은 나왔다.

무린의 고개가 위아래로 힘겹게 움직인 것이다. 정확한 의사표현. 이는 의식만 찾은 게 아니라 상황을 파악하고 있다는 뜻도 됐다.

"말이 잘 안 나오는 건 자네 턱 때문이라네. 일단 전부 교정은 해놓았지만 뼈가 붙고 아물라면 시간이 좀 걸릴게야. 힘들어도 참게나."

"……."

끄덕.

연정의 말에 무린은 말없이 다시 고개를 끄덕였다. 우챠이에게 몇 차례나 걷어차여 자신의 턱이 작살이 났다는 사실을 무린은 정확히 인지하고 있었다.

그걸 인지하고 있다는 사실은 매우 고무적이고, 다행인 일이었다. 정신적인 장애는 없다는 뜻이기 때문이다.

"내상도 크게 없네. 다만 너무나 큰 통증으로 신경계가 반응해서 의식을 놓게 만든 거였어. 사실 자네 정도 외상이면 죽어도 이상할 것은 없었겠다만. 신공과 구명단의 영향이 매우 컸네. 하지만 둘 중에서도 구명단의 영향이 컸지. 자네를 보호하던 내력이 그 구명단의 약효를 먹으며 겨우겨우 유지됐으니 말일세. 소향 그 아가와 독문의 아이에게 감사하는 게 좋을 거야."

"……."

긴 그 말에, 무린은 당연히 대답대신 고개를 끄덕였다. 미약한 끄덕임이지만 확실히 이해했다는 끄덕임이기도 했다.

"피곤할걸세. 피를 꽤 흘렸으니 어지럽기도 할 테고. 일단 한 순 더 주무시게나."

"……."

꾸욱.

연정의 손길이 무린의 수혈을 짚었다.

그에 스르륵, 다시 눈을 감는 무린이었다.

내공도 담겨 있지 않은 손길이지만 지금의 무린은 그마저도 막을 힘이 없었다. 일류는 겨우 부상부위를 맴돌며 회복에 힘쓰고 있었고, 이류과 삼류는 아예 느껴지지도 않았다.

소멸은 아니었다.

다만, 완전히 마를 때까지 써버려 그 존재가 희미해지듯 사라졌고, 무린이 의식이 없으니 운기로 다시 채워지질 못해 느껴지지 않는 것이다.

무린이 죽은 듯 잠들자 그런 무린의 얼굴을 빤히 바라보는 연정은 자신이 살렸으니 뿌듯해 하거나, 기뻐해도 되련만 연정의 얼굴은 사뭇 어둡기만 했다.

"스승님. 왜 그러세요?"

옆에 있던 정심이 그런 연정의 분위기를 느꼈는지, 조심스럽게 물었다. 그에 연정은 무린의 얼굴에서 시선을 떼지 않고 제자의 말에 대답을 해줬다.

"위석호, 그 아이도 그렇고. 비천객, 이 아이도 그렇고… 하늘은 참으로 모질구나. 모질어……."

"……."

무거웠기 때문일까?

아님 자신이 아는 이름이 나와서 그런 것일까?

정심은 자신이 물어봐 놓고도 침묵했다.

그에 아랑곳하지 않고 연정이 다시 말했다.

"범인이라면. 아니, 웬만한 무인이라도 죽었을 부상을 입고도 사는구나. 허락하지 않는 게지. 하늘이 아직 이 아들에게 원하는 게, 바라는 게 있으니 죽는 것도 허락지 않는 게야.

그러니 이 얼마나 모진 하늘이란 말이냐. 후후."

"……."

끝으로 후후하고 다시 가볍게 웃었는데, 그건 희(喜)의 감정보다는 애(哀)의 감정이 담뿍 담겨 있었다.

연정의 말은 아직도 끝나지 않았는지, 다시 입이 열렸다.

"천명의 주인이라, 소향 그 아이도 그렇지만 정심이 네 친구와 이 친구. 둘 다 만만치 않게 고생하는구나. 후후. 아니, 이런 걸 고생이라고 할 수 없겠지. 시련도 어울리지 않고… 고난? 그것도 아니구나. 그냥… 그래, 처절. 진정 이 둘의 천명은 처절하구나."

"스승님……."

"너도 마찬가지란다."

연정의 눈이 정심에게로 향했다.

그에 흠칫하는 정심.

그런 정심에게 가차 없이 말을 내리는 연정.

"섬을 나가고 나면… 각오해야 할 것이야. 너 또한 한명운 선생이 점찍은 아이니 말이다. 결코 네 앞길이 평탄치는 않을 것이다."

"……."

"내일부터는 무공수련에 더욱 힘써야 할 것이야. 최소한 짐은 되지 말아야 할 게 아니냐. 각오하거라."

"네……."

정심은 풀이 죽은 목소리로 대답했다.

연정은 그런 정심을 가만히 바라보다가, 머리를 쓰다듬어 주고는 이내 방을 나섰다.

혼자 남은 정심은 쥐죽은 듯 다시 잠에 든 무린을 한차례 바라보다가, 알 수 없는 깊은 감정이 담긴 한숨을 후우… 내쉬고는 등을 돌려 방을 나섰다.

새액. 새액.

방 안에는 무린의 고른 숨소리만이 적막함을 규칙적으로 깨기 시작했다.

＊　　　＊　　　＊

무린이 다시 눈을 뜬 건 이틀이나 더 지나고 나서였다. 창을 통해 밝은 빛이 들어와 얼굴을 살며시 적셨을 때가 무린이 눈을 뜬 시각이었다.

'아…….'

눈을 뜬 무린이 처음으로 느낀 것은, 옆구리와 턱에서 느껴지는… 불에 달군 인두로 지지고 볶는 화끈한 통증이었다.

입을 열어 신음을 내뱉을 수도 없었다.

깨어났을 때는 느껴지지 않던 묵직한 압박감이 있었다. 슬쩍 눈동자만 내려다보니 하얀 천이 턱부터 시작해 머리를 칭칭 감고 있었다.

본래는 엊그제도 감겨 있었지만 무린이 의식이 좀 몽롱해서, 느끼지 못했던 것이다. 거기에 마취산의 효과까지 있어 더더욱 느끼지 못했었고.

오늘은 그 모든 게 풀려, 어마어마한 통증이 무린의 신경계를 쉴 새 없이 자극하고 있었다.

'음……?'

그런데 내렸던 시야 끝에 사람의 형체가 잡혔다.

고개를 만대로 틀고 무린의 옆으로 쥐 죽은 듯이 누워 있는 호리호리한 사람의 형태. 어지럽게 흘러내려 방바닥에 퍼진 긴 머리카락.

여인이라는 반증이었다.

이제야 느꼈지만 그 여인은 무린의 손을 꼬옥 잡고, 강과 바다에 모두 산다는 하(蝦)처럼 몸을 웅크리고 자고 있었다.

손끝을 타고 부드러운 온기가 타고 올라왔다.

무린은 누군지, 안 봐도 알 것 같았다.

'월아……'

둘째 동생, 무월이었다.

체형도 체형이지만, 이제는 코끝으로도 약 향을 재치고 들어오는 동생 고유의 체향까지 느껴졌다.

이곳이 어딘지 모르지만, 분명히 추위가 느껴져야 할 길림성은 아닐 것이라고 무린은 생각했다.

그렇게 생각하는 이유야 간단했다.

공기가 달랐기 때문이다.

길림의 공기가 아닌, 뭔가 습하고, 염분이 느껴지는 것을 무린은 지금이지만 느낄 수 있었다.

'그렇다면 바닷가. 어딘지 모르겠지만……'

미안하구나.

삶의 이유를 찾으라면, 무린에게 그렇게 말한다면 무린은 뭐라고 대답할까? 마녀의 난을 막는 것?

아니올시다.

가족이다.

무린이 움직이는 원동력.

그 모든 것엔 가족이 있다.

어머니, 혜, 월이.

이렇게 셋을 위해 무린은 산다고 해도 과언이 아니다.

맞다. 너무 돌아오기는 했다. 끼지 않아도 될 전쟁에 끼어 이렇게 개고생하고 있다고 말한다면, 맞다.

'……'

이제는.

너희를 위해서…….

그렇게 생각하는 무린의 손에 힘이 미약하지만 확실하게 들어갔다. 손에서 느껴지는 압박감을 느낀 것일까?

무린의 손을 잡은 팔을 베고 자던 월이 움찔했다.

그리고 부스스, 일어나 무린을 바라봤다.

"어……."

떠져 있는 무린의 눈을 봐서일까?

무월의 눈동자가 급격하게 커졌다.

그리고 곧바고, 정말 곧바로 눈가에 그렁그렁 눈물이 맺히기 시작했다. 맺힌 눈물은 즉시 볼을 타고 흘러내렸다.

"오라버니……."

"……."

말을 하지 못하는 무린은, 무월의 애끓는 부름에 그저 미약하게 눈동자로 인사했다. 따뜻하지만, 너무나 미안해하는 기색이 들어가 있던 건 당연한 일이었다.

"우으, 우으으……."

무린의 눈인사를 본 무월은 결국 오열하기 시작했다. 처참한 무린의 모습을 무월은 전부 보고 말았다.

무린의 그 처절한 싸움을 두 눈으로 보지는 못했지만 밑에서 기다리고 있다가 무린이 실려 들어오는 모습을 보고 따라와, 보고 만 것이다.

너무나 처참했다.

처절했다.

인간이 그 정도로 망가질 수 있다는 것을, 무월은 그때 처음 보았다. 그것도 하필이면 자신에게 둘도 없는 오라비를 통해 말이다.

충격이었다.

아니, 충격 이상, 그 이상에 이상이었다.

어마어마한 혼란과 충격, 공포가 무월의 뇌 내를 헤집고 다녔다. 그게 무월이 기절한 이유였다.

'으음…….'

무린은 손에 힘을 줬다. 정확히는 오른팔 전체였다. 근육이 바르르 떨리면서 무린의 팔이 조금씩 올라갔다.

그리고 힘겹게 무월의 뺨을 쓰다듬었다.

"우으으……."

무월은 무린의 거친 손의 감촉에 또 놀랐다.

뿌옇게 변한 시선으로 무린의 손을 보니, 중지와 검지의 손톱은 아예 뽑혔는지 보이지도 않았다.

거칠고 징그럽게 살만 보였다.

게다가 굳은살과 이리저리 찢어지고 아문 흉터들의 감촉이 고스란히 느껴지자, 그게 또 무월의 마음을 자극했다.

눈물샘이 화산처럼 폭발했는지 무월은 이슬 같이 투명한

눈물을 계속해서 뚝뚝 흘렸다. 그러면서도 무린의 손은 잡고 제 자신의 뺨에 문질렀다.

마치 살아 있는 무린의 온기를 조금이라도 더 느끼고 싶어 하는 것 같았다. 얼마나 마음을 졸였을까?

무린이 쓰러진 것을 보고, 얼마나 놀랐을까.

제 혼자 눈떴을 때, 무린이 없는 것을 보고 얼마나 놀랐을 까.

마치 광증이 찾아온 여인네처럼 성을 헤집고 다닐 뻔한 무월이었다. 려가 다독여, 같이 오지 않았으면 아마 무월은 정신분열이라는 어마어마한 병에 걸렸을 지도 몰랐다.

그런 무월이었다.

지금 이 순간, 무월은 그저 무린이 눈을 떴다는 사실이 너무나 좋았다. 너무나 행복하고, 안도감이 물밀 듯이 밀려왔다.

반대로 너무나 미안하고, 죄스럽고, 안타까웠다.

벌써… 몇 번째인가.

옛날, 무관을 열겠다고 하고 태산으로 왔을 때, 그때 습격을 받고 무린과 무월은 쓰러졌다.

그리고 사경을 헤맸다.

무혜는 다행히 일찍 일어났지만, 무린은 거의 반년이나 죽은 송장처럼 살았다. 숨만 붙어 있었던 것이다.

그 당시의 기억이 다시금 떠오르는 무월이었다.

너무나 무섭고, 오라버니가 다시 사라질지 모른다는 어마어마한 공포감이 전신을 휩쓸고 다녔다.

스윽, 스윽.

무린의 손길에 조금 더 힘이 담겼다.

마치 '이 오라비는 괜찮으니, 이제 눈물을 그치지 않겠니' 이리 따뜻한 말을 대신 전해주는 손길처럼 보였다.

실제로 그런 의도의 무린의 손길이었고, 그 의도를 무월은 제대로 알아들었다. 한 손을 떼어 자신의 눈가를 스윽 닦았다.

짙은 황토색의 천이 눈물을 먹고 검게 변했다.

"으응, 으응……. 눈물 그칠게. 흑!"

그러나 무월은 그렇게 말하고도, 자신을 바라보는 무린의 눈동자를 보고 또다시 눈물이 터졌다.

한번 터진 둑은 원래가 막기 힘들다.

그것과 마찬가지로 한 번 터진 눈물은 제 자신의 힘으로 역시 그치기 힘들었다. 그건 너무나 안타까웠다.

어깨를 들썩이며 우는 무월도 안타깝고, 그걸 아무런 행동도 못하고 그저 안쓰럽게, 미안하게 바라보는 무린도 안타까웠다.

문밖에서 가만히 쟁반을 들고 석상처럼 된 려도 안타까웠다. 건너 방에서 의술서적을 보다가 멈춘 정심은 이 상황을 안타까워했고, 가만히 정좌하고 눈을 감고 있는 연정도 마찬가지였다.

너무나 안타깝다.

지독한 운명에, 천명을 한 몸에 받고 처절하리만큼 투쟁의 삶을 사는 무린은 정말 너무나 멀뚱히 뜬 눈으로 보기 힘들었다.

결국 정심은 일어나 밖으로 나갔다.

연정도 제 방을 나섰다.

뚝, 뚝.

그리고 그 둘이 연심각을 나서자 참고 있던 려도 눈물이 터졌다. 이 여자도 마찬가지였을 것이다.

무린을 가슴에 담고 있으니 오죽하겠나.

가슴에 담고 처음으로 이런 일을 겪는데 그게 어디 버티기 쉬울까. 힘들고 괴롭고, 가슴이 찢어지는 심정일 것이다.

그러나 려는 지금 이 순간 끼지 못했다.

그것도 안타까웠다.

그러나 려는 그 자리에서 꼼짝도 하지 않았다. 쟁반에 담은 탕약, 그 탕약에서 모락모락 피어오르던 김이 완전히 사라졌는데도 려는 움직이지 않았다.

아니, 정확히는 움직일 수 없었다.

그녀 또한 무린의 얼굴을 보고 싶었다.

언제고 무월이 나온다면, 무린의 얼굴을 조금이라도 보고 싶었다. 단 촌각이라도 뜬 눈의 무린을 보고 싶은 려였다.

그래서 그녀는 서 있었다.

방문 앞에서 가만히.

두 여인은 울고, 한 사내도 울었다.

그날 정심과 연정은 연심각으로 되돌아오지 않았다.

*　　　*　　　*

무린이 자신의 두 발로 서는데 걸린 시간은 딱 일주일이었다. 옆구리에서 통증이 올라오긴 했지만 못 참을 정도는 아니었다.

'으음······.'

속으로 신음을 저절로 흘렸고, 그에 려가 급히 무린의 팔을 부축했다.

"괜찮으세요?"

"······."

대답을 못하니 고개만 끄덕이는 무린. 어느새 무린의 표정은 평상시로 돌아와 있었다. 려를 걱정시키지 않기 위해서였다.

그러나 려의 표정에는 걱정하는 기색이 다분하게 올라와 있었다. 물론 그럴 수밖에 없었다. 원체 큰 부상을 입었던 무린이다.

범인이라면 죽었어도 이상하지 않을 부상을 입고, 그 부상을 제대로 치료한지 일주일 만에 두 발로 선다고 하니 걱정이 안 될 리가 있나.

잠시 휘청거렸지만 결국에는 두 발로 선 무린이 그런 상황을 가만히 지켜보고 있던 정심에게로 향했다.

그녀는 무린의 시선이 오자 웃었다.

"좋아요. 이제 바람을 쐬도 괜찮겠어요. 대신, 딱 이각 동안 만이에요."

"정말 괜찮아요?"

정심의 말에 무린이 고개를 끄덕이려는 찰나 려가 먼저 끼어들어 물었다. 그러자 정심은 려에게 환한 미소로 웃으며 다시 한 번 고개를 끄덕이며 대답했다.

"괜찮아요. 회복속도가 빨라서 지금은 무리만 하지 않으면 어느 정도 움직이는 게 더 회복에 도움이 될 거예요. 그러니 걱정 말고 바람 쐬도 돼요. 단, 아까 말했듯이 이각이에요?"

"네, 고맙습니다. 고맙습니다."

정심의 말에 려는 두 번이나 고개를 숙이며 감사를 표했다.

그녀의 입장에서는 정말 너무나 고마운 존재들이었다.

그런 려의 행동에 정심은 다시 가볍게 웃고는, 방문을 열고 나갔다. 그녀가 나가고 나서도 문은 닫히지 않았다.

"자, 가요."

"……."

려의 부축을 받아 무린은 힘겹게 걸음을 뗐다. 일류으로 육체의 부상은 정말 급속도로 회복되고 있었지만 그렇다고 전부 회복된 것은 아니었다.

운기도 하지 못해서 아직 일류도 정상적으로 돌아오지 못해 오직 가장 심한 부위에서만 힘쓰고 있었기 때문이다.

아쉬운 일이지만 투정부릴 일도 아니었다.

무린의 목숨을 살린 건 누가 뭐래도 삼류공, 그중 일류공이었으니 말이다.

밖으로 나오니 따스한 햇살이 무린을 반겼다.

이제는 완연한 겨울이라 공기는 찼지만 햇살만큼은 확실히 따뜻했다. 절로 기분이 좋아지는 햇빛이었다.

무린은 마루에 천천히 걸터앉았다.

그런 무린을 따라 려도 조심스럽게 옆자리에 앉았다.

'따뜻하다.'

찬 공기보다, 햇살이 훨씬 좋은 마음으로 무린의 가슴속으로 스며들었다.

의사표현을 못해 손가락으로 려의 손바닥에 직접 써서 겨우 나온 마당이었다. 사실 허락 안 할 거라는 생각도 했다.

답답해서 얘기는 꺼냈지만, 들어줄 거라 생각은 안 한 것이다. 그런데 의외로 정심은 허락했다.

조금 의아했었는데 오늘 날씨가 너무 좋아 정심도 허락한 것 같았다.

'하긴, 날씨가 별로였으면 허락도 안 했겠지.'

순해 보이는 인상이지만, 환자를 위해서는 그 어느 때보다 단호해지는 여인이 정심이었다. 그런 성격이란 걸 무린도 듣고 느꼈다.

무린도 정심의 정체는 얼마 전에 들었다.

이곳이 어디인지도 들었다.

그 얘기를 해준 사람은 당연히 려였다.

한차례 폭풍처럼 운 무월은 모든 쏟아내었는지, 차분해졌다. 그리고 밖에서 석상처럼 서 있던 려의 존재를 떠올리고는 자리를 비켜줬다.

무월 본인도 할 말이 많을 터였는데 비켜준 것이다.

그 후, 다시 무린이 잠들기 전까지 려는 눈물을 꾹꾹 참고 무린과 대화를 나눴다. 이곳이 어딘지를 설명했고, 정심과 연정의 신분도 설명했고, 길림성이 어떻게 됐는지도 설명했다.

무린은 그중 길림성에서의 작전이 어떻게 되었는지 가장

궁금해했다. 그도 그렇게, 끝을 못보고 광검에게 맡겨졌으니 당연한 일이었다.

그런 무린에게 려는 웃으며 작전은 완벽한 성공으로 끝났다고 전했다.

안 그래도 전 중원이 지금 비천대의 일로 시끄러웠다. 또한 정보가 잠깐 통제되었던 모양인지 비천개과 소전신의 생사투도 이제야 화자가 되고 있었다.

실제는 거의 진흙탕 개싸움이었지만 항간에는 무신끼리의 치열한 대결로 소문이 변질되어버려 오는 도중에 들었던 려가 잠시지만 살짝 웃었다고도 했다.

무린이 손가락을 들어 허공에 천천히 글자를 써내려갔다. 려는 그런 무린의 행동에 손가락을 주의집중해서 봤다.

'비천대는 어디쯤 있습니까?'

"현재 도망 중이에요."

'도망?'

무린의 눈동자에 의구심이 깃들었다.

거기에 불안도 깃들었다.

퇴각이 아니라 도망이라고 했기 때문이다. 이는 비슷한 단어이지만 분명히 차이가 있는 단어였다.

려는 심호흡을 했다.

어제 나갔던 세가의 무인들이 정보를 물어왔다.

제아무리 섬이라고 해도, 주산군도는 워낙에 많은 사람들이 찾는 곳이다. 그리고 이곳 보타산이 있는 섬은 주산군도 내에서도 으뜸으로 관광객이 많이 찾았다.

물론 이곳이 아닌 옆 섬이지만 어쨌든 엎어지면 코 닿는 거리니 거기서 거기라고 봐도 좋았다.

이 말은 북경을 포함한 전 중원의 소식이 옆 섬으로 몰려든다는 소리와 진배없었다. 옆 섬에는 심지어 정보를 살 수 있는 흑점도 있었다.

"놀라지 말고 들으세요. 진… 가가의 회복을 생각해서 숨기려고 하면 할 수 있으나, 소녀는 진 가가가 그 소식에 흔들릴 거라 생각지 않아 가감 없이 말씀드리겠습니다."

"……."

끄덕.

가가라는 말이 어색하긴 했지만 며칠 전 처음 듣고 계속해서 들으니 그리 크게 어느새 적응이 됐다.

무린이 고개를 끄덕이자 려가 다시 입을 열었다.

"길림성을 폭파시키고 성에서의 탈출은 성공했습니다. 긴 토굴을 빠져나와 수로연맹이 준비한 수송선에서 탑승도 성공했습니다. 하지만 천리안 바타르가 이를 눈치채고, 매복을 심어놨다고 합니다."

'……'

과연… 천리안 바타르.

호락호락하지 않았다.

스윽.

'피해는?'

"다행히도 군사계서도 이를 어느 정도 눈치챘던 모양인지, 수로연맹의 무인들을 물가에 역 매복시켰다고 합니다."

'역 매복을?'

"예, 그 결과 수십 척의 전투선에 포위당했지만 오히려 반 이상이 넘게 침몰시켰다고 합니다."

'……'

천리안 바타르.

그의 매복 작전에 걸렸다면 아마 쉽게 빠져나오기 쉽지 않았을 것이다. 그런데 그걸 예상하고 또 미리 역으로 수로연맹의 무사들을 매복시켰다.

땅 위서라면 아마… 전멸을 금치 못했을 것이다.

천운이 따라 전멸은 면했다 하더라도 최소 반절은 죽었을 것이다. 그만큼 북원군은 땅 위에서만큼은 대명의 정예와 붙어도 꿀리지 않는 강병(强兵)들이었다.

하지만 물 위에서는 제아무리 북원군이 강해도 결코 수로 연맹을 따라올 수가 없다. 물속에 숨어 있다가 배에 구멍을 뚫어버리면 끝이다.

순식간에 물이 들이차고, 배는 가라앉아 버리는데 답이 어디 있나? 그냥 죄다 순식간에 물고기 밥이 될 뿐이다.

길림성에는 오백에 가까운 수로연맹 무사들이 있었다. 이들 중 이삼백만 물속에 들어가 있었다고 치면?

북원이 준비했던 매복 작전은 시작과 동시에 끝났을 것이다. 강 한 가운데로 선박이 나오는 순간 즉살이니 말이다.

계략을 간파하고 역으로 계략을 걸었다.

과연, 무혜다웠다.

그러나 현재 비천대는 도망 중이라고 했다. 작전을 깨뜨렸는데도 불구하고 이곳으로 못 오고 있다는 소리였다.

이는 쫓기고 있다는 것.

그럼 누구한테?

'도망은 어쩐 연유에서?'

"바타르도 양동으로 계략을 펼쳤다 합니다. 조선으로 들어가 이쪽으로 건너 올 배를 탈 것이라는 걸 알고 있었던 것이지요."

'전투가 있었습니까?'

"아닙니다. 촘촘하게 작전을 망을 펼쳐 혼춘까지 우회했다고 합니다. 계속해서 도주만 선택해서 피해가 있다는 소식도 없습니다."

'……'

무린은 고개를 끄덕였다.

적이 포위망을 형성했다면 그것을 깨는 것보다는 그냥 피하는 것이 낫다. 전투는 어떻게든 피해를 생산하기 때문이다.

그런 생각은 무린도 하고 있는데, 무혜라고 못할 리가 없었고, 무혜는 정말 제대로 군을 운용하고 있었다.

"걱정 마셔요. 무혜 아가씨는 무사히 돌아오실 거예요."

'……'

따뜻한 려의 말에 무린은 고개를 끄덕였다.

그럼, 믿는다.

군사를 믿지 못하면 누굴 믿을까.

저 멀리서 정심이 걸어오는 게 보였다. 무슨 말을 할지 뻔히 알기에, 무린은 말없이 자리에서 일어났다.

짜르르.

통증이 다시 전신을 내달렸지만 무린의 얼굴은 희미한 미소가 자리 잡고 있었다. 비천대가 무사하다는 소식은 아픔조차 무시하게 만드는 마력이 있었다.

그리고 방으로 들어가자 뒤에서 '어머! 지금 저 보고 도망치는 거예요?' 하고 정심의 장난기 섞인 뾰족한 소리가 무린의 희미한 미소를 조금 더 진하게 만들었다.

자리에 누운 무린은 생각했다.

아니, 기도했다.

'무사히 돌아와라.'

그 기도는 한 여인의 머리로 전달됐다.

第百十七章　고립(孤立)

귀환병사

단문영.

별빛이 떠 있는 밤, 그녀는 눈을 감고 있었다. 주변에는 모
닥불이 곳곳에 켜져 있었고, 비천대가 각각 자리 잡고 쉬고
있었다. 각자 장비를 점검하거나, 누워서 휴식을 취하고들 있
었다.

그녀를 중심으로는 몇몇의 인물이 있었는데 당연히 비천
대의 조장들이었다. 그들은 모두 단문영을 가만히 바라보고
있었다.

단문영의 옆에 있던 무혜만 그저 타닥, 타닥 소리 내며 타

오르는 모닥불의 불꽃을 응시하고 있었다.

스윽.

감겨 있던 그녀의 눈은 약 반각이 더 지나고 떠졌다. 하얗게 탈색되었던 눈동자가 순식간에 사라지고, 청색의 눈동자가 자리를 잡았다.

그 후 적막을 깨고 단문영의 목소리가 야영지를 갈랐다.

"대주는 무사해요."

후우…….

여기저기서 깊은 한숨이 흘러나왔다.

동시다발적으로 흘러나온 한숨들은 그동안 마음 졸였던 비천대의 심정을 대변했다. 그동안 도망치면서 가장 크게 걱정했던 것은 역시 무린의 생사였다.

다쳐도 너무 심하게 다쳐 움직이는 내내 무린만 걱정했다. 그래서 정신적인 피로감을 가중으로 받았던 비천대였다.

그러나 단문영의 말에 그 걱정이 씻은 듯이 씻겨 내려간 것이다. 단문영은 비익공으로 무린과 자신을 강제로 엮은 여인이다.

무린이 무슨 생각을 하든지, 그 모든 것을 알 수 있는 게 바로 단문영이었다. 그런 그녀가 무린이 무사하다고 한다면 진짜 확실한 얘기였다.

"킬킬. 거봐, 내 뭐랬나? 대주는 무사할 거라 했지? 그 양반

이 그리 쉽게 갈 위인이 아니라니까. 킬킬킬."

얼굴은 거뭇하고, 때 구정물이 줄줄 흐르는 건 물론이요, 무력은 조장들 중에서도 가장 떨어져서 지금 단문영 주변에서 가장 피로해진 갈충의 말이었다.

"동감이야. 대주는 그 정도로 죽을 인간이 아니지. 후후."

그런 갈충의 말을 이번에도 역시 가장 친하다고 할 수 있는 제종이 받았다. 한쪽 눈을 잃어 애꾸가 되어버렸지만 한쪽 눈에서는 형형한 빛을 발하고 있었다.

후우…….

둘의 말을 듣고 나오는 작은 한숨.

모두의 시선이 한 발자국 늦게 나온 그 한숨의 주인에게 쏠렸다.

무혜였다.

시선을 담담히 받으며 무혜가 말했다.

"이제 저희만 무사히 돌아가면 되겠군요."

"그렇지. 근데 이거야 원……."

무혜의 말을 백면이 다시 받았다.

받은 그 말에는 난감하다는 기색이 잔뜩 서려 있었다. 무사히 돌아가는 것, 그거야말로 현재 비천대의 제일 임무다.

그런데 사실 그게 쉽지가 않다.

조선의 경계는 물론이거니와 아주 길림성 남쪽, 조선의 경계 쪽과 바다 쪽으로 북원군이 잔뜩 깔렸다.

얼마나 촘촘하게 배치했는지 거미줄을 연상시켜도 될 정도였다.

천리안 바타르가 아주 작정을 한 것이다.

반드시 비천대를 작살내기로 말이다.

"사실 여까지 피해 없이 온 것도 천운이지."

"맞네. 군사가 아니었으면 그때 빠져나오면서 큰 피해를 입을 뻔했어."

백면과 남궁유청의 말이었다.

그 말에 조장들은 고개를 끄덕였다.

맞는 말이었다.

길림성을 폭발시켜 버리는, 성 자체를 아예 화마지옥으로 만들어버리는 작전은 성공했다. 성 자체의 건물밀집도가 높아 바람의 영향으로 아예 싹 타오른 것이다.

그리고 들어왔던 북원군은 웬만한 자들 빼면 모조리 전멸했을 것이다. 그렇게 작전은 완벽하게 성공했으나, 문제는 그 뒤였다.

천리안 바타르가 나서 매복 작전을 건 것이다.

"설마 거기까지 꿰뚫어 보다니, 군사의 혜안에 다시 한 번 감복했소."

백면의 가벼운 인사.

여태는 도망치기만 급급한지라 제대로 된 대화도 못해서 이제야 그 이야기를 꺼내는 백면이었다.

백면의 말을 무혜가 가볍게 받았다.

"아니에요. 할 일을 했을 뿐이에요."

"후후, 그래도 대단했다는 사실에는 변함이 없소."

"……"

무혜는 기절했었다.

그러나 곧 깨어났다.

깨어난 시각은 정확히 바타르의 매복선이 수로연맹의 쾌속선을 막아섰을 때였다. 가볍게 봐도 근 백 척에 가까운 선단을 동원해 비천대의 앞길을 막았지만 바타르의 작전은 다시 한 번 무혜에게 무너졌다.

먼저 빠져나갔던 수로연맹의 무인들이 물속에 잠복, 끈을 몸에 달아 비천대도 모르게 은밀히 따라온 것이다.

그리고 북원의 군선이 앞길을 막아서자 전부 그 끈을 끊어내고 일제히 달려들어 북원의 군선을 배 밑창부터 뜯어내기 시작하면서 작살을 냈다.

그 결과, 바타르의 계략은 마치 사상누각처럼 무너졌다. 무혜는 거기까지 뚫어봤던 것이다. 정말 대단하지 않을 수 없었다.

하지만 거기까지였다.

바타르는 길림의 모든 군을 동원해 조선으로 들어가는 경계를 철통같이 막아섰다. 그 수는 무려 일만 이상이었다. 그 큰 땅을 겨우 일만이 막나? 라고 생각한다면 오산이었다. 경계만 지키고 있으면서 언제든 출진 가능한 군이 일만이고, 그 외에 수천의 병력이 일대를 샅샅이 뒤지고 있었다.

그렇게 보면 바타르는 패한 게 아니었다.

길림의 공성전은 그대로 두었다.

분명, 무혜가 어떤 작전을 입 안했는지 눈치챘으리라. 그리고 그곳의 북원군을 통솔하는 게 우챠이였으니 크게 간섭도 안했다.

대신, 뒤로는 이렇게 퇴로를 완벽하게 끊어버렸다. 비천대의 기마가 우수해서 여태는 도망칠 수 있었지만 언제 무슨 일이 생길지는 사실 아무도 몰랐다.

즉, 지금 비천대는 길림성에 고립된 것이다.

"방도는 있소?"

"……."

백면의 물음에 무혜는 대답하지 않았다.

그저 다시 눈을 감고, 코끝을 찡그렸다. 그 찡그림이 마치 반드시 생각해 내겠다는 고집으로 보였다.

비천대 조장들은 다시금 침묵했다.

무혜의 생각을 방해하지 않기 위해서였다.

타닥, 타닥.

나무가 타들어가는 소리만 들리기를 일각째.

무혜가 눈을 뜨고 말했다.

"아예 반대로 빙 돌아가야겠어요."

무혜는 나뭇가지 하나를 주어 바닥에 그림을 그렸다. 선이
보이고, 동그란 점을 곳곳에 찍었다.

"저희는 현재 여기, 혼춘이에요. 갈 조장님."

"킬킬, 말하시오."

"이 근처에서 배를 구할 수 있을까요?"

"이 근처면… 킬! 아예 조선 땅 깊숙이 내려갈 생각이오?"

"……."

무혜는 대답 대신 고개를 끄덕였다.

그리고 뒤이어 혼춘이라고 표시된 지역부터 반원을 그려
쭈욱 땅을 긁었다. 혼춘에서 시작된 선은 조선 땅 깊숙이까지
내려왔다.

"북원은 조선을 치지 못하지. 그걸 이용하겠다는 거군."

"그래요."

백면의 말에 무혜가 긍정의 대답을 내놓았다.

실제로 현재 북원은 조선을 쳐서는 안 되는 입장이었다. 명
과도 치열한 접전을 펼치고 있는 마당에 조선군까지 합세하
면 뒤쪽이 아예 추풍낙엽처럼 밀려버릴 것이다. 조선의 군은

적으나 용감하고, 강맹하다.

특히 이쪽 길림과 요녕의 경계 부군에 집결해 있는 조선군은 같은 나라에서도 가장 용맹한 군사로 인정받았다.

지역 특성으로 인해 독한 것도 있지만 워낙에 전투를 많이 겪어 봤기 때문이다. 그래서 북원은 조선조정에 반 협박을 넣어 움직이지 못하게 하고는 있지만, 만약 경계를 침탈하게 되면 이야기가 달라진다.

그럼 언제고 조선의 군사가 길림의 경계를 넘어 요녕으로 진격해, 뒤통수를 제대로 후려갈길 것이다.

"좋은 방법입니다."

관평이 고개를 주억거리며 말하자 무혜는 고개를 끄덕였다.

좋은 방법이었다. 하지만 물론 문제야 산재하고 있었다.

그리고 산재한 가장 큰 문제 중 하나가 바로 배였다.

"구할 수 있나요?"

"킬킬, 없더라도 만들어내야지. 목숨이 달린 문제가 아닌가? 킬킬킬."

무혜가 재차 질문하자 갈충이 이번에도 입가를 쭉 찢고 웃으며 대답했다. 그의 눈은 간만에 형형하게 빛나고 있었다.

"시간이 없어요. 저희가 이쪽으로 물러난 걸 천리안이 알았다면 제가 어떤 생각을 할지도 분명히 예측이 가능할 거예요. 포위망이 이쪽 바다까지 막아버리기 전에 반드시 떠야 해요."

"지금 바로 보내지."

갈충이 그 말에 급히 자리에서 일어났다.

그가 사라지자 무혜는 다시금 바닥에 자신이 대충 그려놓은 지도로 향했다.

"저희는 이곳, 강릉도(江陵道)로 갑니다."

"강릉도? 젊었을 적 한번 가본 적이 있었지. 근데 너무 내려가는 것 아닌가?"

무혜의 말에 의문을 나타낸 이는 당연히 남궁유청이었다.

그의 의문은 당연했다. 강릉도는 이곳에서도 상당히 많이 내려가야 했기 때문이다.

그래서 무혜는 부연설명을 했다.

"이곳에 북풍상단 지부가 있다고 했습니다. 도움을 얻으려면 이곳이 차라리 적합합니다. 그리고 강릉도에서 인주(仁州)까지 관통합니다. 마찬가지로 인주에도 북풍상단의 지부가 있다 하니 인주에서 북풍상단의 상선을 타고 저희는 주산군도로 향하겠습니다."

죽죽 줄을 그으며 설명하는 무혜. 그리고 비천대의 조장들은 그 설명에 고개를 끄덕였다.

확실히, 운삼이 운영하는 북풍상단의 지부가 있다면 훨씬 움직이기 편할 것이다. 상단으로 위장을 해도 되니까 말이다.

또한 현재 비천대에는 조선말을 하는 사람이 없었다. 운삼이라면 모르지만 운삼은 북경에서 열심히 발로 뛰면서 비천대를 돕고 있었다.

무혜의 말은 확실한 정론이었기 때문에 조장들은 누구도 의문을 품지 않았다. 군사, 군사의 말은 여태껏 틀렸던 적이 없기 때문이다.

"그렇다면 관건은… 강릉도까지 갈 배군."

"맞습니다. 그리고 거기에 하나 더 더해……."

"잘 숨는 것?"

"……."

백면의 곧바로 나온 대답에 무혜는 고개를 끄덕였다. 길림성 전투 이후 비천대는 적과의 조우를 철저히 피해왔다.

척후조를 운용하면서 적이 있을 법한 곳은 아예 발도 디밀지 않았다. 몇 번 전투가 벌어질 상황에 처한 적도 있었지만, 무조건 도망만 쳤다.

이유야 별 게 아니었다.

비천대의 피해를 최소화하기 위해서였다.

안 그래도 비천대는 소수정예.

여기서 더 이상 피해를 입는 것은 나중을 생각하면 매우 좋지 않은 일은 자명한 일, 그래서 무린도 그랬고, 무혜도 그렇고, 비천대 조장들 전부도 그랬다.

더 이상의 피해는 반드시 피해야 한다.

이런 마음가짐이었다.

하지만 세상일이 그렇듯이, 어디 내 마음대로만 흘러갈까? 내 멋대로 흘러가는 게 몇 개나 될까?

"음?"

"……"

백면과 남궁유청이 갑자기 어깨를 꿈틀거리고 묘한 신음을 흘렸다. 난데없이 느껴지는 기묘한 기운 때문이었다.

둘의 시선이 곧바로 한 곳을 향했다.

반개한 눈, 그사이 눈동자가 원래 청안이었어야 하지만, 지금은 하얀 백안으로 변해 다시금 신묘한 기운을 흘리는 여인, 단문영이 둘의 시선 끝에 있었다.

비천대도 즉각 눈치챘다.

어둠 속, 모닥불의 빛에 반사된 단문영의 모습은 신묘하지만, 반대로 말하면 귀기(鬼氣)스럽기도 했다.

신기가 있어 보인다는 것은 반대로 표현하면 귀기가 있다는 뜻이다. 신기나, 귀기나 그저 분위기와 표현상 다를 뿐이지, 사실은 거의 같은 맥이기는 했다.

하지만 지금은 그게 중요한 게 아니었다.

너무나 갑작스럽게 단문영이 저런 상태에 들어섰다는 게

중요했다.

슥.

백면이 손을 들어 올렸다.

그러자 그 들어 올린 손에 쉬고 있던 비천대 전체가 반응했다. 즉각적으로 나온 상황판단이었다.

비천대가 긴장감을 끌어올릴 때, 단문영의 파리한 입술이 열렸다.

"오고 있어요……."

"오고 있다? 누가?"

"소전신……."

"……."

우챠이…….

무린을 작살내 버린 북원의 무인이자 초원의 전사. 전신의 공부를 이어받은 불굴과 광기의 소유자.

다 끝난 생사결을 마무리 짓지 못해 끓어오르는 분노와 함께하는 자.

소전신이라는 그 말에 가장 먼저 반응한 건 역시 군사, 무혜였다. 그녀도 소전신이라는 단어가 나올 때면, 결코 우챠이에 못지않은 분노를 풍겼다.

이유?

이유야 당연히… 무린을 그 지경으로 만들었기 때문이다.

까드득……!

이가 소름끼치게 갈렸다.

죽이려고 했다.

그래서 그를 지뢰 틈에 밀어 넣었다.

어마어마한 폭발과 돌덩이들이 덮쳤는데도, 유챠이는 역시 살아 있었다. 괜히 소전신이 아니었던 것이다.

"독하다, 독해. 킬킬."

어느새 다시 자리로 합류한 갈충이 허리춤에서 작은 피리를 꺼내 들며 말했다. 삐익! 날카로운 소성이 숲을 갈랐다.

"후우……."

피리의 소성이 울리고 나자 무혜의 입에서 깊은 한숨이 흘러나왔다. 그리고 단문영을 바라봤다.

어느새, 위험을 감지했던 단문영의 눈동자는 정상으로 돌아와 있었다.

"어디까지 왔나요?"

"지근거리에요. 길면 반 시진. 짧으면… 이각 정도 거리에요."

"정말 지척이군요."

가만히 멍 때리고 있었다면, 그대로 급습 당했을 것이다. 이각이나 반각이나 기병으로 따지면 순식간이다.

물론, 몰랐을 때의 이야기다.

지금 출발하면 조우(遭遇)하는 일 따위는 피할 수 있을 것이다.

"지금 당장 이곳을 벗어납니다."

무혜의 작은 말에 곧바로 관평이 명령을 받아 내렸다. 그러자 비천대가 잽싸게 묶어 놓은 말들을 풀고, 짐을 정리했다.

정리 따위는 없었다.

어차피 기병이다.

말발굽으로 흔적이 남으니, 정리해도 소용이 없었다.

"끈질기다, 끈질겨. 후우……."

"그러게 말이다. 빌어먹을 초원여우들… 군사가 그렇게 조심했는데 대체 여기는 어떻게 알았지?"

"초원여우가 괜히 초원여우냐?"

투덜거리며 정리하는 관평과 장팔이었다.

두 사람의 말은, 사실 비천대 전체가 하고 싶은 말이었다. 이놈에 초원여우들은, 귀신같이 비천대의 종적을 잡아냈다.

군사가 그렇게 머리를 써서 유인, 교란책을 써도 결국에는 자신들을 찾아왔다. 이가 절로 갈릴 정도의 집요함이었다.

"단 소저."

"네, 먼저 출발하세요."

남궁유청의 앞에 올라탄 무혜가 단문영을 부르자, 단문영은 가벼운 웃음과 함께 먼저 출발하라고 재촉했다.

"……."

그에 대답 대신 고개만 살짝 끄덕이는 무혜.

이랴!

이내 남궁유청이 고삐를 잡아채자 곧 그의 말이 쏜살같이 달려 나가기 시작했다. 동시에 비천대가 그 뒤를 따랐다.

비천대가 사라지자 단문영은 홀로 남은 백면에게 하얀 단환을 꺼내 건넸다. 그에 고개를 살짝 갸웃하며 받는 백면.

"이게 뭐요?"

"해독제요."

"독을 풀 거요?"

"네, 무색무취의 절대적인 독이지요."

"그때 길림성에서 썼던?"

백면의 가면 속 눈동자가 살짝 찢어졌다.

우챠이.

그는 독으로 죽어서는 안 되기 때문이다. 다른 자는 상관없다. 그러나 우챠이. 그만큼은 무린의 몫이었다.

그런 생각 때문에 눈살이 찌푸려진 것이다. 그런 백면의 기색을 읽고도 단문영은 싱긋 웃었다.

"아니요. 칠보단혼독은 아니에요."

"그럼 무슨 독이오?"

그 말을 할 때 뒤늦게 보초를 서고 있던 비천대 열이 순차적으로 모여들어 자신의 말을 끌고 뒤도 안 보고 선두를 따라 사라졌다.

그들이 사라지자 단문영은 품에서 하얀 주머니를 꺼냈다. 그리고 다른 손에 쥔 하얀 단환을 꿀꺽 입어 넣고 오물거렸다.

다음 순간 인상을 팍 찡그리고는 다시 백면을 보고 말했다.

"지금 하독할 거예요."

"……"

그에 백면은 좀 머뭇거리는 손동작으로 단환을 입에 넣었다. 잠시 후 백면의 가면 속 눈동자가 격하게 흔들렸다.

그만큼 쓴 것이다.

동시에 단문영이 하얀 봉투에서 손을 집어넣어 꺼내고는 허공에 촤악 뿌렸다.

사르르, 뿜어져 나올 때는 하얀색이 잠깐 보였으나, 공기와 만나자 기화했는지, 색이 변질됐는지 곧바로 아무것도 보이지 않았다.

단문영은 곳곳을 돌아다니며 뿌려댔다.

특히 비천대가 머물렀던 곳, 말을 묶어 놓았던 나무, 들어왔던 진로, 지금 출발할 때 나갔던 진로에 집중적으로 뿌렸다.

반각 만에 하얀 주머니를 비운 단문영은 아직 꺼지지 않은 모닥불에 주머니를 휙하고 던지고 말에 올라탔다.

어느새 말에 올라탄 백면이 옆으로 오며 물었다.

"무슨 독이오?"

"이질(痢疾)독이요."

"이질?"

"네, 독이긴 한데, 독이랑 조금 달라요. 그래서 무인의 면역체계도 파고들어가죠. 아마 고생 좀 할 거예요."

백면이 눈동자에 놀람이 들었다가, 이내 하하하. 소리 내어 웃었다. 그래, 그런 독이라면 오히려 좋다.

독이되, 독이 아니라서 무인의 내력이 감지하기도 쉽지 않을 것이다. 질병에 가까운 놈이니 말이다.

안 걸려도 그만이지만, 걸린다면?

못해도 한두 시진은 능히 시간을 벌 수 있을 것이다.

둘은 이후 바람같이 그곳을 빠져나갔다.

선두의 종적이야 쫓아가는 건 어렵지 않았다. 어둠속도 환한 낮처럼 볼 수 있는 백면이 말발굽을 먼저 보고 전면에 서서 달렸기 때문이다.

반 시진 정도 달렸을까?

단문영이 갑자기 호호! 하고 웃었다.

그에 백면은 잠시 옆을 봤다가 자신도 피식 하고 웃었다. 왜 웃었는지 그 이유를 왠지 알 수 있었기 때문이다.

피식.

백면은 어째 우챠이의 쩌렁쩌렁한 포효가 들리는 것 같았
다.

"하아!"

하지만 이내 다시 정신을 다듬고 안력을 돋우며, 더욱 말의
속력을 올렸다. 그렇게 어둠속으로 두 기의 기마가 숨어들었
다.

물론, 이것으로 끝난 것은 아니었다.

第百十八章 곤원(悃願)

귀환병사

무린은 몸 상태가 어느 정도 돌아오고 나서야 우챠이와의 대결을 상기했다. 일부러 하지 않은 것은 아니었다.

패배가 치욕스러워 생각하기를 머뭇거린 것은 더더욱 아니었다.

그저, 빨리 몸 상태를 돌리기 위해 나쁜 생각을 애초에 하지 않았던 것이었다.

그러나 지금의 무린은 정말 많이 나았다.

삼륜공, 그중 일륜공의 효과는 정말 지대했다.

신공, 신공이라고 했지만 일륜공은 회복에 있어서는 정말 어마어마한 효력을 보여줬다. 그래서 완전히 박살 났던 옆구리가 보름 만에 거의 정상으로 돌아왔다.

연정과 정심도 혀를 차며 놀랐고, 무리만 하지 않으면 괜찮을 것이라 했으니 사실상 거의 다 나은 것이나 다름없었다.

물론, 턱은 아직이었다.

'하……'

무린이 우챠이와의 대결을 떠올리며 처음으로 한 행동은, 속으로 한숨을 쉬는 거였다. 그건 무거운 한숨이었다.

'졌다.'

무린은 인정했다.

의식이 날아가기 전 무린은 확실하게 보았다.

공중으로 붕 뜬 자신의 신체, 그리고 흐릿해지는 시야 속에서 우챠이는 점점 멀어져 갔다. 그게 뜻하는 바는 명확했다.

우챠이는 그 격돌을 제자리서 받았고, 자신은 부딪치자마자 날아가 정신을 잃었다. 려에게 광검의 난입이 있었다고는 여기서 들었다.

결국 종합해 보면 하나다.

목숨을 구원 받은 것이다.

'또……'

또.

또······!

또다시 구원 받은 것이다.

벌써 몇 번째인가.

광검이 난입하지 않았다면, 우챠이는 자신의 목숨을 확실하게 끊었을 것이다. 그냥 다가와서 대부로 목을 툭 내리치면 뎅강, 잘렸을 것이니 말이다.

'한 끝? 아니, 최소 두 수 이상이다.'

무린은 명확하게 우챠이와 자신의 실력차이를 느꼈다. 우챠이는 부상을 입었어도, 너무나 멀쩡한 의식을 가지고 있었다.

그 정도로 부상을 입혔는데!

그것은 정신력의 차이다.

정신력, 내력, 육신의 고련 차이가 확실하게 났던 것이다.

'최소한 그 전부가 한 수 이상씩.'

그건 어마어마한 차이다.

무린이 실전경험이 넘칠 정도로 풍부하고, 삼류공이라는 내력을 얻지 못했다면? 그냥 평범한 강호의 무인처럼, 절정의 끝줄이었다면?

우챠이에게 부상도 못 줬을 것이다.

흔히 일류의 끝이라고 해도, 절정의 초입 무인과의 대결은 그야말로 천양지차(天壤之差)라고 모두가 말한다.

그럼 절정의 끝과, 그 절정의 벽을 넘은 무인끼리 서로 붙는다면?

오히려 더욱 벌어진다.

높은 경지일수록, 벽 하나의 차이는 상상을 초월하는 간격을 둔다. 절대로 넘을 수 없는 협곡과 협곡 사이가 될 것이다.

대해의 바다처럼, 결코 두 발로 건널 수 없는 상식이 되어버린다.

그러니 무린이 우챠이에게 그 정도의 부상을 입힌 것은, 그야말로 엄청난 선전을 했다고 보는 것이 옳았다.

그 선전에 가장 기여한 것은 당연히 삼륜공이었고.

이는 의심할 여지가 없었다.

'신공, 나는 신공의 소유자다. 그런데……'

패배했다.

부상은 입혔지만, 자신은 처참하게 짓밟혔다고 봐도 좋을 정도로 당했다. 이게 몇 번째였더라?

그래, 첫 번째는 이제 갓 무인이 되었을 때였다.

이해할 수 있다.

두 번째는?

합공.

악마기병과 초원여우. 거기에 더해 북원의 전사들이 펼친 천라지망이었다. 상식적으로 생각해도 살아나올 수 없는 자리였다.

소향의 도움이 없었으면 백에 백 죽었을 것이다.

이 또한 이해할 수 있다.

세 번째 우챠이와의 대결은?

이해할 수 있으나, 인정할 수 없었다.

이유는 딱 한 가지였다.

일대일 대결.

협공을 당한 것도 아니요, 어마어마한 격차가 나는 적과 붙은 것도 아니었다. 오히려 죽일 수 있을 거라 자신이 있는 적이었다.

결코 소전신, 우챠이에 비해 자신의 무력이 떨어지지 않을 것이라 생각했다.

막상막하일 것이라 예상했고, 승자는 자신이 될 것이라 생각했다.

그것은 오만(傲慢), 만용(蠻勇)이 아닌 자신(自信)이었다.

그러나 결과는, 현실은 처참했다.

우드드득!

가만히 가부좌를 틀고 앉은 무린, 하늘을 보고 있어야 할 손이 쥐어지고, 격렬한 울음을 토해냈다.

그것은 명백한 분노였다.

우챠이에게 보내는?

아니, 자기 자신.

무린 본인에게 보내는 불같은 분노였다.

'강해졌다고 생각했건만⋯ 나는 겨우 이 정도였나⋯⋯!'

왜 졌나.

왜 강해지지 못했나.

'노력을 하지 않았나? 아니!'

했다.

절정을 넘어서려 노력했고.

그 답은 삼륜공, 그중 삼륜에 있다고 생각했다.

그래서 장백산에 있을 때도 삼륜을 키우는 데 그렇게 집중하지 않았나!

지잉.

그때 무린의 뇌리로 번개가 뇌리를 관통하듯, 짜릿한 뭔가가 스쳐갔다.

깨달음은 아니었다.

하지만 무린이 한 가지 결여되어 있던 것은 알게 됐다.

'나는 절실했나?'

아⋯⋯.

그래, 그렇구나.

절실.

그 이 단어 자체가 삼륜공을 구성하는 하나였다.

'모든 무공에는 그 탄생의 연원이 있다. 추구하고자 하는 본질이 있다.'

이것은 중천에게 배웠고, 문인에게도 배웠던 것이다.

다만, 잊고 있었던 것.

그걸 지금 깨달은 무린이었다.

'중용을 추구하는 공부, 무(無)를 추구하는 공부, 모든 것을 비워내야 하는 공부. 그럼 삼륜공은?'

답은 곧바로 나왔다.

갈구(渴求).

추구(推究).

집착(執着).

즉, 곤원(悃願).

삼륜공의 탄생자체가 그러하다.

삼륜공은 무림의 태산북두를 겨냥하고 만들어진 무공이었다.

그 일례로, 이 무공을 창시자는 일륜호심공의 서장에 이렇게 적어 놨다.

아주 대놓고.

욕망이 꿈틀거렸다.

천하공부출소림(天下工夫出小林).

그것을 뛰어넘는 공부를 만들어 내는 것.

내 욕망의 시작이자 끝이다.

소림의 무공은 신체의 단련에서부터 시작한다.

나도 신체의 단련을 중점으로 둔 공부를 만들기 시작했다.

하나, 이미 늙은 몸.

금종이나, 철포조차 읽히기엔 이미 너무 늦었다.

그래서 다른 방법을 상상하고, 이내 깨우쳤다.

기를 돌려, 신체를 보호하는 것.

바로 일륜호신(二輪護身)이다.

돌고 도는 바퀴는, 신체 그 어디든 보(保)하리라.

어렵게 생각하지 마라.

돌고 도는 바퀴는, 그 어떤 것도 이겨냄이니.

이 같은 구절로 대표되는 소림오절예를 넘어서기 위한, 그러기 위해 만들어 후세에 전한 공부였다.

즉, 공부 자체의 추구하는 바가 명확하게 드러나 있다는 소리였다. 그렇다면? 그를 따라가는 것이 옳다.

'나는 절실했으나, 실제는 절실하지 않았다. 이는 부정할 수 없어.'

아…….

그렇구나, 그랬어.

삼륜은 과하게 집착해야 하는 공부이었다.

애초에, 창시자가 그런 마음에 만들어낸 공부였기 때문이다.

무린은 성장했다.

그건 부정할 수 없었다.

노력한 만큼 성장은 확실히 했다는 소리다.

하지만.

삼륜은 노력을 넘어서, 집착에 가까운 추구를 해야 하는 공부였다.

그게 삼륜공의 본질이었던 것이다.

'큭…….'

헛웃음이 나왔다.

그렇게 노력했는데. 아니, 한 줄 알았는데. 삼륜공은 더욱 더 강한, 마치 맹목적인 아귀와도 같이 달려들었어야 하는 놈이었다.

'당연하다. 패한 게 당연해……'

우챠이의 무공이 추구하는 바는 모른다.

하지만 어째 비슷할 것 같았다.

들기로 그는 아직 채 열 살도 되기 전에 굶주린 늑대우리에 갇혔다고 했다.

무린 본인도 열다섯에 북방으로 끌려갔지만, 열다섯이면 어느 정도 여물었을 때고, 우챠이는 일곱 살 때 도끼를 들고, 생존을 건 처절한 혈투를 벌였다.

일곱 살과 열다섯.

어느 게 처절했는지 굳이 생각하지 않아도 알 상황이다.

'여기서 더… 아예 목숨을 걸어야 된다.'

절정을 넘는 방법.

우챠이와 자신의 간극을 매우는 방법.

그 방법은 정말 목숨 그 자체를 거는 수련. 혹독한 고련. 처절한 자기 단련. 그뿐이라는 것을 깨닫고 나니.

'정말 무식하군. 후후.'

뭐 이런 무식한 게 다 있나 싶었다.

근데, 정말 방법이 이것밖에 없다면?

'목숨, 좋아. 걸어주지.'

걸어야 했다.

뭐, 언제는 안 건 적이 있겠냐만은, 지금은 수련 자체에도 걸어야 했다.

이유?

굳이 설명이 필요하지 않을 것이라 본다.

무린은 항상 생각하고 있었다.

자신은 강해야 한다고.

그 누구보다도, 강해져야 한다고.

절대적인 강함.

압도적인 무력.

그것이 자신은 물론 자신의 주변을 지킬 수 있는 유일한 방법이라고.

또한, 다가올 마녀와의 투쟁에서 살아남을 유일한 방법이라고.

곤원(悃願).

간절히 원하다.

무린은 원하기 시작했다.

그랬더니 재미있게도…….

파스스.

삼륜공이 제멋대로 돌기 시작했다.

하나, 무린은 느끼고 있었다. 제멋대로 도는 삼륜공은 결코 자신에게 해가 되지 않음을 말이다.

그러나 무린의 생각은 반만 맞았다.

＊　　　＊　　　＊

반쪽짜리 정답을 얻은 순간 무린은 손을 들어 머리 뒤로 돌렸다. 턱을 감싸고 있는 천을 풀기 위해서였다.

스르륵.

칭칭 감고 있던 천을 자신의 손으로 제거하자, 살짝 턱이 밀려 내려오는 느낌이 들었다. 이것은 자의와 타의였다.

완전히 아물지 않은 뼈가 하중을 견디지 못하고 내려가려고 자연스럽게 하는 발악. 그러니 자의와 타의가 뒤섞인 것이다.

찌릿.

동시에 짜릿한 통증도 무린의 턱을 들쑤셨다. 그러나 생각보다 참을 만한 통증에 무린은 그저 눈가를 살짝 꿈틀거리는 걸로 끝냈다.

가만히 주변을 둘러 본 무린은 곧 자리에서 일어났다. 한쪽 구석에 무린의 철창이 세워져 있었다.

철창.

무린의 무력의 심장과도 같은 것.

완벽히 중추의 역할을 하는 게 바로 철창이었다. 그걸 아니, 위석호가 떠나기 전 백면이 철창을 건넸다.

위석호는 그 철창을 가만히 바라보다가 받아들였다.

그 역시 무인.

의미를 모를 리가 없기 때문이다.

"……."

철창을 손에 쥐고 다시 철푸덕 앉은 무린은 눈을 반개하고 철창을 바라봤다. 이곳저곳 찌그러져 있었다.

군데군데 베인 곳도 있었다.

무린이 입은 상처만큼, 철창도 마찬가지로 우챠이의 대부에 상처를 입은 것이다.

거무튀튀했던 창신의 곳곳은 하얗게 그 속살을 드러내고 있었다.

백탄으로 불을 피워 백련정강의 고련 속에서 탄생한 무린의 철창이 이 정도로 상처를 입었다는 것은 우챠이의 내력에서 밀렸다는 명백한 증거였다.

스윽.

"……."

무린이 가만히 창신을 쓰다듬었다.

병기에 생명은 없다.

그것은 당연한 일이다.

무린 스스로가 그것은 가장 잘 알고 있었다. 북방에서 갈아치운 창만해도 못해도 백이 넘어갔다.

급박한 상황이면 창을 내던지고 도망칠 때도 있었다.

그래서 무린은 병기 그 자체에 큰 의미를 두지 않는다. 그저 좀 더 긴 손과 발이 생겼다. 그 정도의 의미만 둔다.

하지만 이놈은 조금 달랐다.

막야가 준 두 번째 창.

그는 자신했다.

웬만해서는 흠도 나지 않을 것이라고.

'그의 자부심을 내가 부족해 무너뜨렸어…….'

쯔.

절로 턱이 살짝 벌어지고, 그 벌어진 틈에서 혀 차는 소리가 흘러나왔다. 막야의 장담은 맞는 말이었다.

흑산에서도, 길림성에서 벌였던 수많은 전투 속에서도 이놈은 상처입지 않았다.

그런데 우챠이와의 대결에서는 아예 죽었다고 표현해도 될 정도로 당했다.

우챠이의 쌍부가 신병(神兵)도 아닌데 이 정도의 상처를 입었다는 것은 결국 자신의 실력부족 탓.

'창날은 아예 깨졌군.'

예기가 번쩍이던 날 쪽은 자세히 보니 실금이 간 게 보였다. 마지막 일격을 버티지 못한 것일까?

그 금은 딱 한 줄이었지만, 이는 철창의 수명이 다했다는 것을 뜻했다. 이대로라면 삼륜의 내력을 몇 번이나 버틸 수 있을까?

'고작해야… 서너 번?'

보통 병장기 같았으면 이렇게 금이 간 상태에서 내력을 주입했다가는 얼마안가 바로 파삭! 하고 깨질 것이다.

그러나 서너 번을 버틸 수 있다는 것은 막야의 실력이 뛰어나 몇 번 더 기회가 생겼다고 봐야 했다.

그렇다면 바꿔야 할까?

'으음……'

고민은 잠시 됐지만, 무린은 계속 이놈과 함께 하기로 했다. 손에 익었고, 사실 정이 조금 들었다.

마지막은 자신의 손으로… 보내주는 게 예의라고 생각했다.

만약 이 철창에 영(靈)이 있다면 고맙다고 하지 않았을까?

무린은 일어섰다.

철창은 당연히 손에 쥔 채였다.

밖으로 나오자 정심이 서 있었다.

"……."

"……."

무린의 얼굴을 빤히 바라보다가, 다시 시선을 내려 손에 쥔 철창을 바라봤다.

소선녀라 불리는 똑똑한 여인이니 지금 무린이 무엇을 하려고 하는지 충분히 예상을 했을 것이다. 눈썹을 한차례 찡긋거린 그녀가 이내 입을 열었다.

"안 되는 거 아시죠?"

"……."

무린은 대답하지 않았다.

하지만 솔직하게 고개는 끄덕였다.

안다.

자신의 몸 상태가 현재 각별한 정양(靜養)이 필요하다는 사실은. 그러니 솔직하게 고개를 끄덕였다.

"안 된다고 말려도 갈 거죠?"

"……."

무린은 이번에도 똑같았다.

침묵.

그리고 고개의 끄덕임.

하아…….

정심이 깊은 한숨을 내쉬었다. 그리고 정말 뭔가 착착한 표정으로 말했다.

"무인들은 원래 그렇게 외골수인가요?"

"……."

그 물음에 무린은 이번에도 솔직하게 대답했다. 고개를 끄덕이는 것 말고, 어깨를 으쓱하는 걸로 대답 후, 창을 놀려 바닥에 글을 썼다.

—이 섬에 절벽 같은 곳이 있습니까? 아래로 말고, 위로 볼수 있는 절벽이면 더욱 좋겠습니다.

"물론 있어요."

—가르쳐 주시겠습니까?

"그럴게요. 대신 하나만 약속해줘요."

—말해보십시오.

"무리하지 않기로. 다시 상처가 덧나면 큰일이니까 절대 무리하지 않겠다고 약속해 주세요."

음…….

그 말에 무린은 잠시 멈칫했다.

정심의 생각을 모르는 건 아니다.

그녀는 소선녀라 불리는 여인이다.

의원인만큼 환자를 관리하는 건 직업적 병에 가까운 마음이 있다. 하지만 그렇다고 들어줄 수는 없었다.

이미 마음이 정해진 상태였다.

아는가 모르겠지만, 무린은 고집이 있었다.

한번 정하면 웬만하면 마음을 돌리지 않는 사내였다.

슥, 스윽.

―장담하지 못하겠습니다.

"으휴, 무인들이란 진짜… 고집불통이군요."

―죄송합니다.

"됐어요. 이 길을 나가서 잠시 걷다 보면 갈래 길이 나와요. 거기서 우측으로 들어가 쭉 가다 보면 산 정상에 도착할수 있을 거예요."

"……."

꾸벅, 무린은 고개를 가볍게 숙여 인사했다.

그리고 정심을 지나쳐 밖으로 나가기 시작했다. 무린은 그길로 뒤도 안 돌아보고 연심각을 나섰다.

잠시 걷자 정심이 말한 대로 갈래 길에서 우측길로 들어서한참을 산을 타고 올라가자 자신이 생각했던 그대로의 절벽이 보였다.

절벽에, 폭포까지 가미된 장소였다.

건너편 정상에서 떨어지는 물이 바다로 그대로 흘러들어가고 있었는데 그 모습은 경치를 여유 있게 보아온 적이 없던무린도 살짝 감탄할 정도였다.

휘이잉.

매서운 바닷바람이 무린을 스치고 갔다. 반사적으로 어깨를 움츠린 무린은 이내 다시 어깨를 펴고 창을 푹, 소리나게 바닥에 꽂았다.

그리고 가부좌를 틀고 앉은 다음 눈을 감았다.

기잉.

기이잉.

눈을 감자, 곧바로 무린의 의지를 이어받은 삼륜공이 깨어났다. 일륜은 미동도 없이 무린의 턱에 머물러 있었다.

하지만 이륜, 삼륜은…….

'음…….'

정말 희미하리만치 작았다.

아니, 거의 존재 자체를 느낄 수도 없을 정도였다. 진짜 아예 바닥까지 말라버린 상태였다.

이 세상에, 가만히 숨만 쉬어도 회복되는 내가공부는 존재하지 않았다.

정말 알려지지 않은 신공절학이 아니라면 소모된 내력은 무조건 운기를 통해서만 회복이 되는데, 무린은 아예 바닥까지 쓰고 지금까지 운공을 한 번도 하지 않아 완전히 내력이 바닥인 상태였다.

'쯔쯔.'

그에 혀를 찬 무린은 이내 천천히, 천천히 삼륜을 돌리기 시작했다.

　기잉, 기이잉. 울림을 토해내는 무린의 바퀴들은 회전하면 할수록, 조금씩, 아주 조금씩 그 크기를 불려 나갔다.

　그렇게 무린은 무아지경에 빠져들었다.

　슥.

　그의 앞에 누가 나타난 것도 모르고 말이다.

第百十九章 소검후(小劍后)

증명하라.

그리고 만천하에 알려라.

소림의 공부보다 삼륜(三輪)의 공부가 더 뛰어남을.

일륜호심공의 서장에 적혀 있는 내용이다.

아주 적나라하게 적혀 있는 이 내용은 굳이 생각해보지 않아도 되었다.

삼륜공의 창시자가 무에 미쳤건, 아니면 소림에 원수를 졌건, 이 무공을 만든 이유 자체가 소림이라는 강호의 태산북두를 향해 꺾기 위해서였다.

원하는 것은 말 그대로 소림의 무공을 꺾는 것.

특히 그중.

신권(神拳)은 백보(百步)를 가르고, 부동(不動)은 흔들리지 않는다.

오권(五拳)은 사마(邪魔)를 징치하고, 구품(九品)은 천지를 밟는다.

하여 삼검(三劍)은 자애롭도다.

무린이 사라지자 정심은 그의 등을 힐끔 보고는 스승의 방을 찾았다.

"저 정심이에요."

"들어오거라."

"네."

끼익.

문을 열고 들어가자 연정은 역시 정갈한 자세로 책을 읽고 있었다. 그 앞에 무릎을 꿇고 앉은 정심은 연정이 책을 다 읽기를 기다렸다.

잠시 기다리자 연정이 책을 덮었다.

후우…….

마치 기다렸다는 듯이 정심이 가슴속 깊이 있던 감정을 한 숨으로 쏟아냈다.

"땅 꺼지겠구나."

"스승님, 왜 남자들은 저렇게 무식할까요?"

"진 소협 때문이니?"

"네! 아직 낫지도 않았는데 벌써 창을 들고 수련을 하러 간 다고 하더라고요!"

쿵.

정심은 정말 마음에 안 든다는 듯이 작은 손으로 주먹을 쥐 고, 바닥을 꿍 때렸다.

정심은 무린에게는 말하지 않았지만, 정말로 마음에 들지 않았다.

미쳤냐고 소리치고 싶었지만 그럴 수도 없는 게 무린과 친 분이 깊지도 않았을 뿐더러, 본능적으로 자신이 말해도 무린 이 듣지 않을 것이라는 것을 눈동자에서 이미 파악했기 때문 이다.

그래서 멋대로 하라고 했지만 마음에 들지 않는 마음이 불 처럼 일어난 것은 어쩔 수 없었다.

그 마음을 어디다 하소연 할 수 있는 사람은 지금 현재 연정뿐이라, 그의 앞에서 이렇게 성질을 내고 있는 것이었다.

"무인이라 그런다."

가벼운 대답이었다.

그래, 무인.

무인이라 무를 추구하는 사람들이다.

대부분이 숭상하다 못해 집착까지 한다.

마치 아편처럼. 아니, 그보다 심하게 무(武)라는 것은 지독한 중독성이 있었다. 그건 정심도 알고 있었다. 이해할 수도 있었다.

"다 낫고 할 수도 있잖아요! 일이 주 기다리는 게 그렇게 힘든 걸까요?"

정심이 마음에 안 드는 부분이 이거였다.

수련, 그거 조금 늦게 하면 어때. 몸이 다 낫고 할 수도 있는 거 아닌가? 그녀가 이해 못하는 부분이었다.

"흐음."

"정말 이해가 안 가요!"

씩씩 거리면서 열변을 토해내다가 이내 다시 씩씩거리기 시작하는 정심이었다.

그런 정심을 연정은 자상한 눈으로 보다가, 이내 입을 열었다.

"정심아."

"네?"

"그는 지킬 것이 있어 그런 것이야."

"지킬 것이요?"

정심이 눈살을 찌푸렸다.

무슨 말인지 일순간 이해가 안 갔기 때문이다. 그런 정심을 보며 연정이 다시 입을 열었다.

"그래, 지킬 것. 이를 테면 가족, 친우, 그리고 동료. 이런 것들."

"아아."

"그는 한 무리를 이끄는 장이다. 수장이지. 수장이 반드시 강할 필요는 없지만, 반대로 어떤 한 부분은 반드시 강해야 한다. 마음이든, 무력이든, 지략이든, 그 어떤 것이라도 강성해야 장으로써 자기 주변을 지킬 수 있는 법이지. 모르느냐? 비천대가 지금 어떤 상황임을?"

"……"

알고 있다.

정심도 눈과 귀가 있다. 그리고 필사적으로 정보를 모으러 다니는 려와 무월을 곁에서 지켜보고 있었다.

오늘도 둘은 섬 밖으로 나갔다.

옆 섬에서 최대한 정보를 얻기 위함이었다.

물론 그 정보의 초점은 현재 전 중원 초미의 관심사인 비천대에 대한 정보였다.

"그래서 그런 것이야. 아마 진 소협에게는 이런 정보가 들어가 있지 않겠지. 하지만 그도 알고는 있을 것이다. 그리고 자책하고 있을 것이야. 자신이 부족해서 이런 일이 벌어진 것이라고 말이다. 그래서 조급함을 느끼는 게지."

"……"

연정은 핵심을 꿰뚫고 있었다.

물론 전부가 맞는 것은 아니었다.

무린은 그 이유 말고도, 다른 이유가 더 있었다.

두 사람은 무린이 말하기 전까지 절대 알 수 없는 이유 말이다.

"그는 비천대주이지. 비천대 그 자체라고 봐도 과언이 아니야. 알기로는 비천대에 몇몇 고수가 그와 비슷한 경지라고는 하지만, 진 소협은 그들에게 없는 것이 있다."

"그게 뭔가요?"

"수장으로써의 자질이지. 이 세상에는 구심점이 되는 사람이 있다. 그 구심점으로 사람들이 모여들지. 심아, 네 친구도 그렇지 않니?"

"……"

맞다.

정심은 이해했다.

특히 마지막 말에 이해를 하기 싫어도 이해할 수밖에 없었다.

같은 동네서 살았던 친구이자 가슴에 품은 사내, 위석호를 거론했기 때문이다.

그도 그랬다.

구심점이 되어 항상 주변에 사람이 몰렸었다. 게다가 무린처럼 자신의 몸은 돌보지 않는 성격이기도 했다.

모종의 일 때문에 차가워지다 못해 감정이 마모된 것처럼 보이지만 예전의 그는 그러지 않았다.

물론 지금은 일부 낭인들이 그를 따른다고도 들었다.

원하지 않아도 사람이 몰리는 그런 사람이 있다는 말. 정심은 위석호를 생각해 보니 이해가 아주 확실하게 됐다.

"그리고 어쩔 수 없는 법인 게야. 진 소협, 그 아이는… 천명을 그렇게 타고났으니 말이다."

"천명이요?"

"그래, 심이, 너보다 진한… 절대로 거부할 수 없는 천명이자 숙명이라 말해도 되겠구나. 소향 그 아이가. 아니, 한명운 선생이 환란을 대비해 마련한 패야. 너처럼 말이다."

"……."

그놈에 천명. 숙명.

정심은 곧바로 침묵할 수밖에 없었다.

"정심아."

"네……."

풀이 죽은 정심이었다.

왜?

자신도… 그렇기 때문이다.

그래, 무린 보다는 비중이 없을지 몰라도, 정심도 한명운 선생이… 찍은 여인이었다.

"겁나니?"

"……."

정심은 대답하지 못했다.

너무나 정곡을 콱! 찔렀기 때문이다.

스윽.

연정은 그런 정심에게 조금 더 다가가 손을 잡았다. 따뜻한 온기가 손바닥을 타고 손등으로 이동했다.

"스승님……."

정심은 살짝 놀랐다.

스승인 연정은 매몰차고 차갑지는 않았어도 충분히 무뚝뚝하다고 해도 좋을 정도로 감정표현이 지극히 제한적이었기 때문이다.

죽을 뻔한 위기를 넘기고 이 섬에 도착해 제자가 되었을 때부터 지금까지, 이렇게 손을 잡아준 적은 단 한 번도 없었다.

그래서 놀란 것이다.

"전에도 얘기 했지? 마음 단단히 먹으라는 말."

"네……."

"미안하구나."

"네? 스승님이 왜요? 그러지 마세요. 스승님이 잘못한 것
은 하나도 없잖아요!"

"……"

정심의 말에 연정은 그저 웃었다.

슬픈 미소였다.

마치 지켜주지 못해서, 너무나 무거운 짐을 맡겨서, 그에
대한 속죄의 미소를 짓고 있는 것 같았다.

그런 스승의 미소에 울컥한 정심은 반사적으로 소리를 치
려다가 다시 이내 입을 닫았다. 그리고 심호흡을 한 번 하고
는, 다부진 목소리로 말했다.

"제 운명이라면, 받아들이겠어요. 아주 겸허하게. 그리고
최선을 다하겠어요. 빌어먹을 마녀인지 뭔지에게 단 한 명도
죽지 않게 하겠어요!"

"……"

정심의 말에 연정은 얼굴이 굳었다가, 이내 다시 희미한 미
소를 지었다. 제자의 대답이 너무 기꺼웠기 때문이다.

"고맙구나."

"아니에요. 살려주시고, 먹여주시고, 재워주시고. 그리고 이렇게 의술까지 가르쳐 주시고. 제자의 운명 때문이고는 하지만 전 스승님을 만나 너무 행복해요."

"후후, 그러니."

"네!"

연정은 기분 좋게 웃었고, 정심도 깨끗한 미소와 함께 대답했다. 훈훈한 사제지간의 정이 마지막에는 넘쳐흘렀다.

그런데 정심이 초를 쳤다.

"그래도 진 공자의 행동은 이해할 수 없어요! 다 나으면 할 수 있잖아요!"

"후후, 그래. 하지만 그게 그 아이가 살아가는 방법이니, 우리가 왈가불가 할 수는 없는 노릇이란다. 그 나이 먹고 이제 무리도 하지 않을 테니 너무 걱정 말거라."

"덧나면 치료 안 해줄 거예요. 스승님도 해주지 마세요. 흥! 어디 고생 좀 해보라지!"

고약한 심보?

아니었다.

이해를 못했기 때문에 나오는 서운함이었다.

그런 정심의 말에 연정은 다시 후후, 웃고 물었다.

"그래서, 그 아이는 어디로 갔니?"

"서요벽(西邃壁)을 알려줬어요."

"이런……."

"왜요?"

연정의 짧은 탄식에 정심이 눈을 동그랗게 뜨고 물었다. 자신이 뭔가 잘못했나? 아니, 없는데? 하는 표정이었다.

"이 시기에 서요벽에 누가 오는지 잊은 거니?"

"이 시기에요? 음… 아, 아!"

이제야 떠올랐는지 정심이 악! 하는 표정이 되었다. 그리고 두 손으로 제 머리를 잡고는 마구 긁었다.

"악! 어떡해! 왜 잊었지? 스승님! 어쩌죠? 아, 이걸 어째……."

"후후, 걱정 마라. 그 친구도 그리 생각 없는 친구는 아니니 별일이야 없을 게다."

"하지만… 이거 기사멸조의 죄잖아요!"

"괜찮다. 괜찮을 거란다. 후후. 오히려 나는 기대되는구나. 둘의 만남이 서로에게 어떤 영향을 끼칠지. 후후."

"악! 아악! 스승님 웃을 때가 아니에요! 제가 빨리 가서 그를 데려올게요!"

"괜찮데도?"

"제가 안 괜찮아요!"

정심은 후다닥 일어나서 문을 열고 급히 뛰었다.

얼마나 급했으면 신발도 제대로 못 신어 낑낑거리다가 이내 내팽겨 치고 그냥 냅다 달렸다. 그녀가 얼마나 다급한지를 볼 수 있는 장면이었다.

열린 문 사이로 경공까지 써가며 급하게 서요벽으로 뛰어가는 자신의 제자를 보면서 연정은 그저 웃었다.

"이것도 다 인연(因緣)인 게지."

인연을 논하는 연정.

대체 그녀가 누구기에 이런 말을 하는 걸까?

길게 생각 안 해도 사실 답은 어느 정도 나온다.

검문에서, 보타산에서 가장 유명한 이는 딱 둘이다.

하나는 의선녀 연정.

또 다른 하나는?

이 시대의 여중제일검(女中第一劍)으로 대변되는 검후(劍后)밖에 없었다.

*　　　*　　　*

정심이 그렇게 후다닥 뛰어갔지만 이미 서요벽서 무린은 한 여인과 대치하고 있었다.

이제 겨우 느껴지기 시작한 이류와 삼류이지만 정확하게

기척을 감지한 것이다. 정확하게는 자신의 앞에 딱, 떨어져 내렸을 때 감지해냈다.

"누구… 시오?"

"그러는 당신은?"

무린은 가부좌를 풀지 않은 상태에서 담담하게 물었다.

아직 아물지 않은 턱 때문에 어눌한 질문이 나왔지만 그 정도는 신경 쓰지 않았다.

또한 예전이었다면 창부터 찌르고 봤겠지만 이곳의 위치상 검문의 검수밖에 없다는 생각이 들었기 때문에 조용히 질문만 했는데, 돌아오는 건 반문이었다.

"객이오."

"객? 아아, 연심각에 머물고 계시다는 비천객이군요."

"……"

객이라는 말에 바로 자신을 알아보는 여인이었다. 무린은 대답대신 고개만 끄덕이고, 여인을 살폈다.

일단 특이한 것은 머리였다.

보통 중원의 여인들은 머리를 길게 기른다.

그렇게 기른 다음에 땋거나, 아니면 말아 올려 묶는다. 그러나 이 여인은 그중 어느 것에도 해당되지 않았다.

귀를 겨우 가리는 길이였다.

단발?

뭍으로 나가면 손가락질을 받고도 충분한 머리 길이였다. 그걸 첫 번째로 꼽을 수 있었고, 두 번째는 얼굴의 형상이다.

미의 기준점으로 본다면, 참으로 려와 생김새가 비슷했다.

화려하지 않지만 그 대신 단아함을 부각시키는 세련된 이목구비였다. 미인이란 소리였다.

'이거 참… 내가 미인이랑은 인연이 있나보군.'

물론 그렇다고 다른 생각이 드는 것은 아니다.

다만 그냥 그렇다고.

그 정도의 느낌이었다.

그리고 마지막.

사실 이게 가장 중요했다.

'고수다.'

그것도 엄청난 고수였다.

얼굴로 보아 자신보다 나이는 적어보였다. 만약 실제 얼굴로 보이는 나이가 맞다고 치면 말이다.

하지만 느껴지는 기세가 없었다.

그럼 약하지 않느냐고?

절대, 절대 아니다.

절정에 들어서도 기세는 풍긴다. 그것은 어쩔 수 없는 일이다. 무린도 그랬고, 백면도 그랬다. 남궁유청도 마찬가지였다.

위석호도 그랬고, 남궁유성도 그랬다.

형님인 중천도 그랬다.

모두 절정의 무인들이건만 그들이 익힌 공부 특유의 기세가 느껴졌었다. 하지만 이 여인은 아무것도 느껴지지 않았다.

분명, 자신의 앞에 딱, 떨어졌을 때 느낀 걸로 보아 경공을 써서 단번에 온 것이 틀림없다고 무린은 생각했다.

분명히 무인이라는 소리다.

특히 옆구리에 패용한 검 한 자루.

어색하지 않은 걸로 보아 검수다.

이곳에 검문이라는 문파가 있다는 걸 생각하면 이 여인이 검을 다룬 다는 것은 분명한 사실이다.

그런데 기세가 느껴지지 않는다.

그렇다는 건?

'갈무리가 가능하다는 것.'

절정을 넘어서면 뿜어내는 것도, 갈무리 하는 것도 가능하다고 들었다. 그걸 상기하면… 이 여인은 이미 절정을 넘은 것이다.

피식.

우물 안에 개구리라더니, 세상은 이렇게 넓고, 강자는 정말 너무나 수두룩하다. 무린은 가부좌를 풀고 일어났다.

일견 보면 예의가 없어 보였지만 워낙에 자연스러워 그렇게 보이지도 않았다. 무린이 일어나자 여인이 살짝 뒤로 물러났다.

마치 공간을 벌려주려고 하는 것처럼 보였지만 실제 안에 든 뜻은 그게 아니었을 것이다. 그렇게 물러선 여인이 무린을 보며 물었다.

"다 살펴보셨나요?"

"……."

끄덕.

그리고 무린은 창끝으로 바닥을 긁었다. 좀 전에는 말로 했지만, 통증이 느껴져서 부담이 되었기 때문이다.

―아직 턱이 낫지 않아 필담으로 하겠소.

"어머, 부상 중이셨구나. 그러세요. 그럼."

―진무린이오.

"이옥상이라 해요."

이옥상?

흠.

모르는 이름이다.

하지만 그럴 수밖에 없다고 생각했다.

무린도 검문의 애기는 들어봤지만 겨우 여인들로만 이루어진 검을 다루는 문파 정도밖에 못 들었다.

거기다가 검문도 구파 일방과 마찬가지다. 무린은 모르지만 검문도 마녀의 방문을 받은 곳이다.

검후의 존재 때문이다.

그래서 오랜 세월 검문의 검수가 섬 밖으로 나선 적은 단 한 번도 없었다. 그러니 저절로 잊혀지고, 구파와 마찬가지로 구름위에서 같이 노닐고 있을 것이라 세인들은 말했다.

이러니 무린이 모를 수밖에 없는 것이다.

그런 무린의 생각을 읽은 것일까?

자연스럽게 웃고는 부연설명을 넣었다.

"부족하지만, 이곳에서 검후의 길을 걷고 있어요."

"……."

그 말에 무린의 안색이 서서히 굳었다.

검후의 길?

무린도 모르진 않는다.

그렇다면 이 여인이 어떤 위치의 여인인지, 뭐라고 불리는 여인인지 감이 잡혔다.

소검후(小劍后).

천하, 그중 여중제일검이라 하지만 실제는 천하에서도 손 꼽히는 검의 여제를 뜻하는 별호가 바로 검후다.

그런 검후의 진전을 모조리 이어받고 있는 이옥상이니, 절정의 벽을 넘어선 게 이상하게 보이지 않았다.

재능이 없었다면 이 길을 걷지도 못했으리라.

오성이 없었다면 선택조차 받지 아니 했으리라.

그런 이옥상일 지니, 무린은 순간적으로 가슴속에서 끓어오르는 불꽃을 느꼈다. 그것은 전투적 광기와 비슷한 불꽃이었다.

―초면에 실례하오만.

"말씀하세요."

슥.

무린은 뒤로 두 걸음 물러났다. 그리고 철창을 들어 올려, 이옥상을 향해 겨눴다.

무린이 무슨 실례를 하려 하는지 안 이옥상은 그저 싱긋 웃었다.

그리고 뒤로 한걸음 물러났다.

스르릉.

맑은 울음을 토해내며 이옥상의 손에 검이 잡혔다.

"그 실례, 받아들일게요."

싱긋 웃으면서 하는 그 말에, 무린은 순간적으로 등줄기를 스쳐 지나가는 소름을 느꼈다.

눈빛 때문이었다.

분명 똑같이 웃고 있는 눈빛이지만, 검을 뽑고 나서의 이옥상은 전과는 다른 눈동자를 하고 있었다.

티는 나지 않고 있지만, 감이 예민한 무린은 분명히 느끼고 있었다.

씩.

그래서 무린도 웃었다.

한없이 순수한 검은 아닐 것이라 생각한 것이다.

"사정은 봐드릴게요."

슥.

순간적으로 사라진 이옥상.

범인의 시선으로 따라잡지 못하는 속도인 것이다. 그러나 그것은 범인의 이야기고, 무린은 당연히 범인이 아니었다.

오른발이 빠지면서 축이 되었고, 그대로 무린의 신형이 반 바퀴를 회전했다.

스윽, 검이 무린의 옆구리가 있던 자리를 지났다.

물론 검을 쥔 이옥상의 신형도 같이 나갔다.

섬전처럼 빠르고, 깔끔한 검격이었다.

핏.

거기다가 완전히 피하지도 못했다.

예기에 베였는지 옆구리 쪽이 깔끔하게 벌어져 맨살이 보이고 있었다. 다행히 살가죽에는 닿지 않았다.

"잘 피했네요?"

싱긋.

돌아 서서 무린을 바라보며 이옥상이 한마디 하자, 무린은 피식 웃었다. 얕보는 건가? 내가 못 피할 거라고 생각했던 건가?

'묘한 괴리감이 있다.'

그런데 무린은 느끼고 있었다.

이상하게 느껴지는 게 있다.

그것은 괴리감에 가깝다.

어딘지 어긋나는 느낌.

'나는 분명히 피했어.'

그래, 이게 괴리감의 원인이다.

제아무리 무린이 내력을 운용하지 않았다고 하더라도 무린은 절정의 고수다.

검격이 뻗어오는 걸 보고 시기적절하게 회피동작을 펼쳤다.

그렇다면 검은 그냥 허무하게 지나갔어야 했다. 그런데 실제로도 검은 그냥 지나갔다. 하지만 그냥 지나갔다고 허무하게 지나가지는 않았다.

무린의 옷자락을 베었기 때문이다.

"또 가요."

스윽.

가볍게 검이 덩실거리며 다가왔다.

고정되지도 않고, 마치 춤을 추듯이 다가왔다. 상하좌우, 팔방으로 흔들리면서 뻗어오는 검끝을 무린은 직시했다.

쿵.

가벼운 진각과 함께 이옥상이 검을 쭉 내밀었다.

그에 무린은 이번에도 신형을 옆으로 회전시켜 피해냈다. 그러나 이게 웬걸? 사각. 소리와 함께 옷자락이 또 베어졌다.

"어머."

"……."

툭, 퉁퉁.

무린은 뒤로 몇 걸음 물러났다.

그리고 빤히 옆구리를 바라봤다. 또 베였다. 무린은 이번에도 제대로 피하려고 했다. 옷자락이 베일 생각이 없었다는 말이다.

그래서 검이 들어오기 전에 정확히 피했다.

근데 웃기게도 검은 옷자락을 베고 지나갔다.

예기(銳氣)?

생각해 보면 그것밖에 없다.

하지만 무린이 그 정도 간격도 예상 못할 위인은 아니었다.

'신기하군.'

무린은 솔직히 신기했다.

어째서 이런 일이 벌어지고 있는지, 그게 신기한 것이다.

"음? 이상하네요. 저는 벨 마음이었는데."

이옥상의 가볍지만 무서운 말에 무린의 시선이 다시 그녀에게 향했다. 마음에 들지 않은 표정을 하고 있는 이옥상이 보였다.

물론, 무린도 마음에 들지 않기는 마찬가지였다.

내력을 배제한 손속교환이지만, 그래도 자존심이 있다. 옷자락이 베였다는 것은 자존심이 베였다는 뜻과도 같았다.

지금처럼 피했다고 생각했는데도 베였으면 말이다.

슥.

무린의 창이 슥 내질러졌다.

옆구리가 뜨끔했지만 이 정도야 미약한 통증이었다. 별에 별 고통을 다 겪어본 무린에게는 그냥 평범한 불개미가 물은 정도밖에 되지 않았다.

슈욱.

바람을 가르는 소리를 너무 노골적으로 내며 날아가는 무린의 철창을 이옥상이 아래에서 위로 툭, 쳐올렸다.

땅.

한쪽은 망가져가는 병장기고, 한쪽은 잘 단련되어 그래도 참아줄 만한 소리가 서요벽에 울렸다.

땅!

그런데 올라가던 무린의 창이 툭 반동을 일으키며 내려와 이옥상의 검을 쳤다.

그러자 이옥상의 검이 순간 아래로 향하자, 잠깐 흔들리던 무린의 철창이 다시 앞으로 찔러 들어갔다.

손목의 탄성만으로 나온 연계동작들이었다.

"흐음."

깡. 까강.

그러나 그 공격은 마치 되갚아주기라도 하려는 듯이, 똑같이 손목의 탄성을 이용한 이옥상의 올려치기에 무산이 됐다.

그리고 거기서 멈추지 않고 슥 비틀어서 무린의 철창을 궤도상에서 빗겨 쳐냈다.

창이 벗어나자 무린은 바로 다시 손목의 힘만으로 창을 당기고는 한 걸음 물러났다. 좀 더 공격할 수도 있었지만 격한 움직임은 지금 쓸 때가 아니었다.

'깔끔한 수비였다. 과연, 소검후라 이건가?'

검후의 명성은 활동을 하지 않아도 강호에 쟁쟁하게 울려

퍼진다. 그런 검후의 진전을 이어받은 소검후 역시, 과연이라는 소리가 절로 나왔다.

무린은 어느 정도 소검후의 실력에 대해 감은 잡았다.

만약 몸이 정상이었을 때 붙었다면… 십 중, 오. 그게 무린이 스스로 생각하는 소검후와의 승률이었다.

'검란 소저보다는 적어도 약하다.'

그리고 검란보다는 약하다는 것도 알았다.

무린은 생각을 정리하고, 눈을 감았다가 다시 떴다.

'슬슬……'

집착해 볼까?

이 육체.

극한으로 굴려야 한다.

그리고 그놈에 벽, 처절한 패배를 안겨주었던, 우챠이에게 다가갈 수 있다. 무린은 반드시 이 섬에서 나갈 때 벽을 허물 작정이었다.

자신만의 방법은 이미 깨달은 상태.

그렇다면 실행만이 남았을 뿐이다.

기이잉…….

처량한 소리를 내며 아직 제대로 회복이 안 된 삼륜이 돌기 시작했다. 동시에 무린의 안광도 변했다.

그리고 척.

철창을 앞으로 내밀었다.

"어머."

그에 이옥상이 잠시 놀라는가 싶더니, 이내 다시 웃었다.

그리고 마치 기다렸다는 듯이 무린의 심장에 칼끝을 겨눴다. 그 행동에 무린은 짜릿한 소름이 등골을 타고 흐르는 게 느껴졌다.

기세 때문이었다.

무린이 내력을 돌리자 이옥상도 내력을 돌렸는데, 그제야 감추어 두었던 기세가 풀리면서 무린을 압박하기 시작한 것이다.

저릿저릿하다 못해 피부가 찢겨져 나갈 것 같았던 우챠이와는 아예 궤가 다른 종류의 기세였다.

뭐랄까.

먹먹하다?

바다를 보고 있으면 슬펐던 생각이 떠오른다고들 한다. 그래서 일각. 아니, 반각 만에 먹먹함이 가슴에 가득 찼다가, 이내 풀어지면서 후련해진다고들 한다.

이옥상이 기세는 그랬다.

먹먹하고, 온몸을 감싸는 느낌이었다.

'신가하다니까, 역시⋯⋯.'

큭.

검문의 무공이 이런 건지, 검후의 진산절기가 이런 건지는 모르겠지만 이옥상은 역시 평범한 무인과는 달랐다.

기잉. 기잉.

불규칙하게 진동하며 돌던 삼륜이 이제는 제법 규칙적으로 진동하기 시작했다. 그것은 안정을 찾았다는 것.

스윽.

무린의 오른발이 슬며시 지면에서 뜨며 이동했다. 그러나 이옥상은 그런 무린의 발을 정확히 응시했다.

안법도 익혔는지, 미세한 움직임도 단박에 잡아내고 있었다.

그에 무린은 다시 미소 지었다.

좋다.

이런 강자와의 대결.

옆구리가 다시 박살 난다고 해도.

"흐읍."

환영할 뿐이다.

툭.

'어……?'

그러나 무린은 환영대신 어둠을 볼 뿐이었다. 뭐지? 세상이 어둡게 변하고, 이옥상의 모습이 점차 멀어졌다. 그에 의문이 드는 찰나에 쯔쯔, 혀를 차는 소리가 들렸다.

툭.

그걸 끝으로 무린은 정신을 잃었다.

*　　*　　*

정심은 죽어라고 뛰었다.

경공술은 미약한 탓에 지면에 족적을 쿵쿵 남기고 있는데
도, 연정에게 걸리면 꿀밤을 맞을 지도 모르는 짓을 하면서
정말 발바닥에 땀이 나도록 달렸다.

"헉! 헉!"

반각정도 달렸을 뿐인데도 정심의 입에서는 거친 숨소리
가 흘러나왔다. 무공을 익힌 사람이라면 결코 반각 만에 이렇
게 숨소리가 거칠어질 리가 없었다.

반대로 생각하면 지금 그녀가 얼마나 급하게 달리고 있는
지를 보여주는 아주 좋은 상황이었다.

그녀가 이러는 이유는 딱 하나였다.

지금 이 시기의 서요벽이 일종의 금지가 되어버리기 때문
이다. 그것도 사문의 금지(禁地). 가장 웃어른이라고 할 수 있
는 분이 서요벽에 수련을 하러 온다.

그런데 그걸 깜빡하고 무린에게 서요벽의 위치를 말해준
것이다.

'제발, 제발!'

갈리는 내내 정심은 빌었다.

제발 검후가, 서요벽에 안 와 있기를 말이다.

하지만 하늘도 무심하시지.

서요벽에 도착한 정심은 우뚝, 굳어버리고 말았다. 바닥에 철푸덕 쓰러진 무린이 보였고, 그런 무린의 주변으로 여인 둘이 보였다.

하나는 자신의 사자였고, 한 분은… 그래, 검후였다.

"어머? 정심아. 웬일이니?"

"옥상사자… 그게."

"혹시, 네가 여기 가르쳐준 거야?"

"그, 그게……."

이옥상과 정심은 친했다.

그것도 많이 친했다.

하지만 지금은 이옥상이 조금 미웠다. 뻔히 알면서도 저렇게 얄밉게 웃으면서 물어보고 있는 게 미웠던 것이다.

정심은 숨도 제대로 고르지 못해 들쑥날쑥 움직이는 가슴을 진정시키지도 못해 숨이 턱턱 막히는 기분이었다.

하지만 숨이 제대로 골라지지 않았다.

바로 이옥상의 옆, 자신에게는 사숙(師叔)이 되는 주문약(朱門楉) 때문이었다.

"오랜만이구나."

"사, 사숙님을 뵈어요."

정심은 옆에서 들려오는 자상한 목소리에 고개를 꾸벅 숙이며 얼른 인사를 했다. 장로들을 뺀 검문에서 현재 장문, 그리고 의선녀인 스승님의 바로 아래 배분되는 주문약은 검문의 무력 그 자체였다.

모든 검문도의 동경, 공경을 한 몸에 받고 있는 것도 바로 검후, 주문약이었다.

"연정 사저는 건강하시니."

"네, 네. 스승님은 건강하세요."

"호호, 그렇구나."

검문의 모든 무인들이 검후를 존경하는 다른 이유 중에 하나가 바로 따뜻한 마음씨였다. 주문약은 검을 뽑기 전과 후의 모습이 많이 달랐다.

뽑기 전에는 그저 평범한 여인 정도로밖에 안 보이지만 뽑고 나서는 그야말로 검, 그 자체였기 때문이다.

근데 사실 그것도 티를 안 내고자 했으면 안 낼 수도 있는 경지에 오른 검후였다. 그런 검후, 주문약이 따뜻한 목소리로 다시 물었다.

"그보다, 이 소협은 누구니?"

"아, 그, 그게. 연심각에서 치료를 받고 있는 분이세요."

"연심각에서? 아, 요즘 검문을 떠들썩하게 하는 비천객인가 보구나."

"네, 맞아요. 사숙, 죄송합니다. 제가 큰 잘못을……."

"호호, 괜찮단다."

주문약은 손을 휘휘 저으며 대답했다.

괜찮다는 행동이지만 그에 정심은 더욱 마음이 더욱 안절부절 했다. 검후의 수련을 방해했으니, 그야 말로 기사멸조의 죄였기 때문이다.

주문약은 괜찮다고 했지만, 정심 본인의 마음이 편치 않았다. 정심의 입에서 본능적으로 당황스러운 탄성이 흘렀다.

"괜찮다. 그저 기절만 시켰으니."

"예, 사숙……."

하긴, 아직 제대로 회복도 못한 무린을 검후가 작살을 내놓았을 리는 없었다. 검후의 검은, 악인을 징치할 때만 자비가 없기 때문이다.

"옥상아, 데려다 주고 오렴."

"네, 스승님."

이옥상이 문주약의 말에 무린을 어깨에 들쳐 멨다. 그러자 정심이 화들짝 놀랐다.

"저기, 사저. 진 소협은 옆구리에 부상을 입어서……."

"어머, 그러니?"

"네……."

무린의 옆구리는 움직일 수 있을 정도로 나은 것은 맞지만, 그렇다고 저렇게 어깨에 대놓고 걸쳐 놓을 정도로 나은 것은 아니었다.

범인이라면 아직 거동해서는 안 될 정도의 부상이었다. 정심의 말에 이옥상은 무린을 다시 내려놓고, 사뿐히 안아들었다.

여인이 사내를 안은 모습이 참으로 웃겼지만 검후도 그렇고 전부 웃지는 않았다.

"그만 가보렴. 사저께는 안부 좀 전해주고."

"네, 그럼……."

정심은 공손하게 고개를 숙이고 등을 돌렸다.

그리고 휴우… 하고 손등으로 땀을 훔쳐냈다. 추운 겨울임에도 얼마나 긴장했는지 식은땀이 송골송골 맺혀 있었다.

정심에게 검후는 아무리 상냥하고, 자상하다고 해도 어려운 존재였다. 근데 그게 당연한 일이었다.

나이 차이가… 어마어마하게 날 뿐더러, 배분도 엄청 차이가 났다. 그리고 정심은 아직도 잊지 못한다.

처음 구해질 때, 검후의 검이 악인을 징치할 때, 얼마나 매섭고, 가차 없는지. 그 장면을 모조리 본 정심은 거의 심령에 각인되듯이 남아 있기에 주문약은 항상 어려웠다.

"아직도 스승님이 어려워?"

"그게… 네, 어려워요…….."

무린을 안고 걷던 이옥상이 묻자 정심은 머뭇거리다가 이내 솔직하게 대답했다. 거짓으로 대답하기에는 티를 너무 냈고, 이옥상은 정심이 자신도 어려워하는 걸 잘 알고 있었기 때문이다.

"후후. 스승님이 들으면 서운해 하시겠는걸?"

"사, 사자! 제발요… 네?"

"후후, 너 하는 거 봐서."

"아이, 왜 그러세요. 네?"

이옥상의 말에 정심은 안절부절못했다.

마치 어린아이를 가지고 노는 것처럼 이옥상은 정심을 들었다 놨다 했다. 그에 정심은 들렸다가 내렸다가를 정말 재미있게 반복하고 있었다.

장난기 많은 이옥상에게 정심은 정말 최고의 대상이었던 것이다.

골려먹는 재미가 있다고 해야 하나?

그런 이옥상은 '여기까지 할까……' 하고 가볍게 중얼거리더니 다시 정심에게 물었다.

"그보다, 이분 전부 나은 거 아니지?"

"네? 네. 아직 안 나으셨죠. 외상은 거의 육칠 할 정도 나았고, 내상은 거의 없지만 운기를 못했으니 내력을 회복도 못했을 거예요. 본신 무력의 삼 할이나 제대로 펼칠 수 있으려나?"

"그래? 흐음……."

"왜요?"

"내 검을 두 번이나 피하더라고."

"네? 진짜요?"

"응. 대련을 부탁하기에 받아줬는데. 보니까 몸 상태가 좋지 않아서 경각심을 조금 주고 끝내려고 진짜 베려 했거든. 아, 물론 살짝. 근데 못 벴어. 옷만 살짝 베고 놓쳤어."

"어머, 어머어머."

정심은 진심으로 놀랐다.

이옥상이 누군가.

차기 검후이기에, 소검후라 불리는 여인이다.

구파에 버금가는 검문의 소검후라는 자리는 강호 전체로 따져도 결코 가벼운 자리가 아니었다.

재능(才能)과 오성(悟性), 그리고 바른 심성(心性)의 삼박자가 딱 떨어지지 않으면 제아무리 어느 하나가 뛰어나도 소검후로 채택될 수 없었다.

없으면 차라리 검후의 자리를 파(破)하고, 다른 검후가 나타날 때까지 기다린다. 그게 검문이 검후를 뽑는 방식이었다.

주문약도 그렇지만 이옥상도 하늘이 내린 재능, 오성의 소유자다.

그리고 장난기가 있지만 누구보다 따뜻하고 바른 심성의 소유자가 바로 자신의 옆에서 걷고 있는 이옥상이라는 것을 정심은 너무나 잘 알고 있었다.

그럼 경지는?

그것도 잘 알고 있는 정심이다.

지금의 이옥상은, 자신의 친구인 위석호나 그 옆의 여인이 오더라도 결코 밀리지 않을 경지에 도달해 있었다.

그런데, 그런 그녀가 작정하고 지른 검을 무린이 피했다.

이런 몸 상태로?

그것도 두 번이나?

"그게 가능해요?"

"불가능하지. 물렁물렁하게 찌른 게 아니었으니까."

"그럼 어떻게……?"

"후후, 그건 아직 나도 잘 모르겠네?"

제아무리 정심이 의술 쪽을 집중적으로 배웠다고 하더라도 무공에 대한 어느 정도 지식은 있었다.

지금 이옥상이 한 말을 비유하자면 그냥 무술 좀 익힌 범인이, 절정을 넘은 무인의 공격을 두 번이나 피했다는 뜻이 된다.

그게 가능한가?

절대.

절대로 불가능하다.

괜히 무인들이 백성들 사이에서 천외천이라 불리는 게 아니었다. 거기다가 이옥상은 절정의 벽을 넘은 무인이다.

검후에게 근 이십 년 가까이 집중 수련을 받은, 고수 중에 고수란 소리였다. 실제로 현재 검문에서도 검후, 검문주, 그외 장로전의 두 사람을 빼고 최고 고수로 인정받는 게 소검후 이옥상이었다.

"음, 어떤 깨달음이 있었던 걸까? 죽음의 문턱을 넘나들면서?"

이옥상이 자신이 안은 무린의 얼굴을 슬쩍 보며 중얼거렸다. 음, 일리가 있는 말이긴 했다. 생사의 갈림길에서 살아 돌아온 무인들은 간혹 깨달음을 얻어, 전보다 더욱 진일보한 모습을 보여주곤 했다.

그건 희박한 확률이 아니라, 매우 높은 확률로 그런 모습을 보여줬다.

어쩌면 강호에서 내려오는 정설 중에 하나일 수도 있었다.

하지만 그래도.

"그래도 불가능하지 않을까요? 내력도 없이 사자의 검을 피하기는… 사자의 경지가 너무 높잖아요."

"그렇지?"

"네."

이옥상은 정심의 말에 고개를 끄덕였다.

자만이 아니다.

이옥상은 확실하게 자신의 경지를 깨닫고 있었다. 실제로 검후가 이옥상에게 구파의 검수들과 붙어도 쉽게 지지 않을 거라고 했기 때문이다.

무인은 자신의 경지를 가장 잘 알고 있어야 한다.

그래야 수련도, 전투도 가능한 법이다.

게다가 자신의 경지조차 모르는 무인은 무인의 자격조차 없다고 하는 곳이 강호라고 불리는 세계였다.

그러니 결코 자만이 아니었다.

"흐음, 이 사람 다 나으려면 얼마나 걸려?"

"지금까지의 회복속도로 본다면 아마 이 주야 정도면 충분할 것 같아요. 내력의 회복은 빼고요."

"그래? 흐음……."

정심의 말을 듣고, 무린을 내려다보는 이옥상의 눈동자가 반짝거렸다. 그 눈동자에는 감출 수 없는 짙은 호기심, 그리고 호승심이 담겨 있었다.

"사자, 근데 굳이 나을 때까지 기다리지 않으셔도 될 거예요."

"응?"

"오늘 보셨잖아요. 이런 몸으로 주저 없이 창을 겨누는 사내에요. 아마 내일이면 또 거기서 기다리고 있을 걸요?"

"아, 그렇구나? 후후. 참, 근데 스승님이 계시면 또 대련을 못할 텐데. 이거 어쩌지?"

"약속을 잡으세요."

"약속? 아, 그래, 그게 좋겠다. 음… 깨어나면 묘시에 보자고 말해주럼."

"네, 그럴게요."

정심은 사실 포기했다.

이 사내가 눈 뜨고 가만있을 것 같은가? 절대, 절대로 그럴 일은 없을 것이다. 아까도 봤지만 눈동자에 떠있던 확고한 집념, 고집은 결코 다시 일어섰다 해도 가라앉지 않을 것이다.

그녀의 유일한 이성 친구라 할 수 있는 위석호와 아직 똑같은 눈빛이었다.

곧 죽어도 검을 들던 그의 눈빛과 말이다.

그러면 차라리 자신이 끼는 게 좋다.

정심도 어차피 묘시에 일어나 수련을 한다. 그러니 그곳에 가서, 무린이 심하게 무리하는 것만 막는 게 차라리 나을 것 같았다.

어느새 연심각에 도착하자 이옥상은 무린을 정심에게 넘겼다.

"내일 묘시. 깨어나면 전해줘."

"네, 그럴게요."

"사고께는 수련시간이가 먼저 간다고 해주고, 알잖아. 나 수련 시간 늦으면 혼나는 거."

"허락 맡았잖아요?"

"그래도 혼날 걸? 한두 번이 아니라서 말이지. 후후. 그럼 갈게."

"네, 사자. 살펴가세요."

"코앞인데 살펴가기는. 후후."

슥.

그렇게 말한 이옥상의 신형이 정심의 시선에서 흔들린다 싶더니, 어느새 쭉쭉 멀어지고 있었다.

절정을 넘어선 무인의 경공이라 그런지, 눈 몇 번 끔뻑이다 보니 어느새 이옥상의 신형은 사라져 있었다.

후우.

"잘 넘어가서 다행이네."

무린이 기절하긴 했지만 이 정도면 굉장히 무난하게 끝난 편이다. 그런 한편 검후의 손속에도 그저 감사할 뿐이었다.

검후는 알아봤을 것이다.

무린이 무리하고 있다는 것을.

그래서 그저 수혈만 짚어 기절시킨 것이다.

'진 공자가 정상이었다면 말리지 않으셨겠지.'

주문약이라면 그랬을 것이다.

다만, 무린이 정상이 아니니 덧나는 걸 막기 위해 혼절만 시켰다. 하지만 뭐, 그것도 임시방편이다.

무린은 자신이 말하지 않아도 다시 서요벽을 찾을 위인이었다.

'그 멍청이처럼!'

위석호를 말함이다.

그도 몸이 다 낫기 전에 서요벽을 찾아가 무린처럼 기절했었다. 그럼에도 끈질기게 찾아갔다. 덕분에 몸이 낫는 게 몇 주나 더 걸렸지만, 그는 그래도 끈질기게 찾아갔다.

아마, 무린도 그럴 것이다.

"에휴……."

절로 한숨이 나오는 정심이었다.

동시에 왜, 서요벽을 가르쳐줬는지, 스스로에게 한탄까지

했지만, 어쩌겠는가. 이미 일은 벌어진 것을.

무린을 방에다가 눕히려고 문을 열었다.

"어."

문지방을 넘으려다 말고 정심은 우뚝 굳었다.

"……."

"……."

가만히 자신을 바라보고 있는 려, 그리고 무월 때문이었다. 그녀들은 아무런 말도 하지 않았다.

그저 안겨 있는 무린을 보다가, 다시 정심의 얼굴을 바라볼 뿐이었다. 왜 바라보는지는 굳이 설명 안 해도 뻔했다.

왜 무린이 당신에게 안겨 오는지.

그것도 미동도 없는 채로.

대놓고 던지는 추궁의 눈빛이었다.

"아, 아하하……."

정심은 어색한 웃음을 흘릴 수밖에 없었다.

식은땀을 삐질삐질 흘리면서.

되는 게 없는 정심이었다.

*　　　*　　　*

새벽 묘시가 되기 전인 인시 말.

무린은 조용히 창을 들고 다시 방을 빠져나왔다. 그리고 주위의 인기척을 살펴보고는 조심스럽게 암자를 나섰다.

무린이 이러는 이유는 당연히 어제 일 때문이었다.

간단하게 설명하자면 정말 된통 깨졌다.

려와 무월에게 정말 고막이 찢어질 정도로 잔소리를 들어야 했다. 이유는 딱 하나. 말도 없이, 무리하게, 수련을 하러 나갔다는 이유였다.

그리고 기절까지 할 정도로 무리하게 몸을 움직였다는 이유까지 합쳐, 정말 폭격처럼 잔소리를 얻어먹었다.

무려 잠들기 전까지.

못해도 한 시진이 넘게 려와 무월에게 시달린 무린은 해시 말에나 풀려날 수 있었다.

그리고 잠들기 전, 정심에게 이옥상의 말을 전해 받고 오늘 아침 또다시 이렇게 몰래 방을 나선 것이다.

'후우……'

려와 무월의 잔소리가 다시 떠오르자, 절로 한숨이 나오는 무린이었다. 하지만 무린은… 어쩔 수 없었다.

강해질 수 있는 방법을 찾았는데, 도저히 기다릴 수가 없었다. 그것도 지금처럼 최적의 조건을 갖췄는데 말이다.

돌이켜 생각해 보면, 삼륜공은 정상일 때보다 정상이 아닐 때 더욱 큰 성장의 폭을 보여줬었다.

잘 생각할 필요도 없이 일취월장, 진 십 보 했을 때는 항상 죽음의 문턱을 넘었다가, 다시 돌아왔을 때가 전부였다.

남궁유청의 일.

흑산의 일.

이 일들을 겪고 무린은 정말 성장했었다.

그렇게 생각하니 자연스럽게 길이 보였다.

집착(執着)과 뼈를 깎는 고련(苦練).

이 두 가지였다.

하지만 이걸 이루려면?

"크응."

무린의 입에서 앓는 소리가 나왔다.

려와 무월이 다시 떠올랐기 때문이다.

절대적으로 안정해야 한다고 얼굴에 침이 튈 정도로 설교를 한 그녀들이다.

안다.

그 모든 말들이 자신을 위해서라는 것을.

그러나 무린은 지금 안주하고, 편하게 쉬고 있을 틈이 없다 생각하고 있었다. 지금 당장 비천대만 해도 아직도 길림성을 빠져나오지 못했다고 들었다.

동료들은 그렇게 고생하는데, 자신만 편히 휴식을 취한다.

절대로 있을 수 없는, 있어서는 안 되는 일이었다.

마음 같아서는 당장 길림성으로 돌아가고 싶었다. 하지만 냉정한 그의 이성이, 그건 너무 비효율적이라고 외치고 있었다. 그래서 사실은 겨우 참고 있는 상황인 것이다.

내색은 안 하지만, 이게 무린의 속마음이다.

'혼나더라도… 올라서야 된다.'

두 번 다시 이런 일이 없도록.

완벽한 무력.

그 누구와 붙어도 지지 않을 절대적인 무력을 손에 넣고, 그 무력으로 자신의 앞길과, 동료의 앞길을 여는. 그런 든든한 대주가 되어야 했다.

"역시 오셨네요."

"……"

서요벽에 도착하니, 정심이 먼저 기다리고 있었다. 그에 무린은 살짝 발걸음을 멈추고 그녀를 바라봤다.

눈빛에는 왜 여기 있냐는 감정을 담뿍 담았다.

그러자 그 감정을 읽었는지 정심이 한숨을 내쉬었다.

"어제 얘기 못 드렸지만, 앞으로 매일 제가 진 공자가 수련할 때 곁에 있을 거예요. 무리 못하도록. 최대한 빨리 낫도록 옆에서 지켜볼 생각이에요. 제가 일이 있어 못 오면 려 소저와 무월 소저에게 부탁할 거예요."

"……."

그 말에 무린의 얼굴에 실금이 팍 하고 갔다.

짜증이 와락 일어났다.

곤란해도 너무 곤란했기 때문이다.

무린은 자신의 육체를, 정신을 한계까지 몰아붙일 작정이었다. 벽을 넘을 수 있는 방법이 현재로서는 그것밖에 떠오르지 않았고, 반대로 그것밖에 길이 없다고 확신하는 상황이었기 때문이다.

그런데 옆에서 지켜본다?

지켜보다가 심해지면 말리겠다고?

안 될 말이었다.

무린은 곧바로 창으로 바닥을 긁었다.

─거절합니다.

"저도 거절하겠어요."

무린이 바닥에 글을 쓰자마자 곧바로 다부진 목소리로 정심이 되받아쳤다. 의원의 자세가 된 그녀는 정말로 단호했다.

어제 검후를 만날 때나, 이옥상에게 놀림 받을 때의 모습은 어디에도 없었다. 독심이 필요한 게 바로 의원이다.

특히 외상을 만지는 의원은 더하다.

곪고, 찢어지고, 부서진 사람의 육체를 직접 만지기 때문이다. 어설픈 마음으로 덜덜 떨다가 잘못 건드리면 대참사. 그러니 당연히 독할 수밖에 없었다.

"……."

"……."

무린이 인상을 살짝 쓰고 바라보자, 정심도 눈을 부라리며 똑 부러지게 노려봤다. 절대로 물러날 수 없다는 의지가 풀풀 풍겼다.

그에, 먼저 침묵을 깬 건 무린이었다.

슥슥.

─나는 이렇게 편하게 있을 수 없습니다. 지금도 제 동료는 척박한 그곳에서 생존을 위해 치열하게 싸우고 있습니다.

길게, 아주 길게 자신의 마음을 바닥에 쓰자 정심은 고개를 끄덕였다. 하지만 입에서 나오는 것은 결코 허락의 말이 아니었다.

"알아요. 진 공자의 사정은 저도 잘 알아요. 하지만 의원으로써, 결코 용납할 수 없어요. 옆구리도 제대로 한 방 맞으면 다시 부러질 거예요. 턱은 말할 것도 없고요. 내력도 텅텅 빈 이 마당에 내가중수법이라도 당하면 당신은 당장에 죽어요. 진 공자님은 설렁설렁 할 생각이 전혀 없잖아요? 호되게 스스로를 몰아붙일 거잖아요."

─주의하겠습니다.

"거짓말! 제가 모를 줄 아나요? 제 친구 중에도 진 공자님과 똑같은 얘가 있어요. 자기 자신의 안위는 생각도 안 하고 한계에 한계, 끝에 끝까지 자기 자신을 몰아붙이던 얘가 있었어요. 결국은 한 달이면 쾌차할 걸 두 달이 넘게 걸렸어요. 그러니 얼렁뚱땅 거짓말 할 생각 버려요. 공자님이 꼭 수련을 하겠다면, 반드시 제가 옆에서 지켜보겠어요. 의원으로써 이는 많이 양보한 것이란 걸 알아주세요."

"……."

쿵…….

의지가 너무나 확고했다.

무린은 이해했다.

의원의 마음가짐.

당장 숨만 살려놓는다고 의원의 역할이 끝난 것은 아니다. 완벽하게 치료가 되어야, 그제야 역할이 끝나는 것이다.

하지만 이해했다고, 인정해줄 수는 없는 노릇인 게 또 무린의 상황이었다.

차라리 몰래 다른 곳에서?

안 된다.

'아주 감시를 하겠지.'

소검후라 불린 여인은, 자신의 편이 아닌 정심의 편일 게 분명했다. 그럼 소검후와의 대련을 포기하면?

후우…….

그것도 아쉽다.

느껴지는 기세로 보아 결코 우챠이, 소전신 우챠이와 차이가 없어 보였던 이옥상이었다. 그녀와의 대결은, 분명히 무린에게 일보 전진의 효과를 가져올 것이라는 기대감을 품게 했다.

사락. 삭.

무린의 고개가 돌아갔다.

수풀 너머에서 미세한 소리가 들렸기 때문이다. 동시에 기척도 같이 느껴졌다. 일장 정도 거리였다.

"어머, 들켰네."

무린이 바라보자 곧바로 그 같은 소리가 수풀너머에서 들려왔다. 누군지 뻔했다.

이옥상이다.

잠시 후 이옥상이 나오더니 손으로 탁탁 의복을 털었다. 그런 이옥상을 정심이 빤히 바라보다가 물었다.

정심은 '사자를 뵈어요' 하고 가볍게 인사를 한 다음 물었다.

"왜 거기서 나와요? 멀쩡한 길 내버려 두고?"

"후후, 무슨 얘기하는지 몰래 들으려고 했지."

"……."

"근데 비천객께서 워낙에 예민해서 들켜버렸네?"

"거짓말 하지 마요. 사자⋯⋯."

"후후."

대놓고 바스락거리는 데 예민해서 걸렸다? 그럴 리가 없었다. 그냥 대놓고 들어왔다고 말하는 게 맞았다.

무슨 생각인지 몰라 정심이 고개를 절레절레 저었다.

그러자 그런 정심을 보고 한차례 웃고는, 무린을 보며 물었다.

"이옥상이에요. 어제 뵀죠?"

"⋯⋯."

무린은 고개를 끄덕였다.

"스승님이 전해달래요. 무리하지 않는 게 좋다고."

"⋯⋯."

무린은 또 고개만 끄덕였다.

어제 정심에게서 들어 알고 있었다.

무린의 상태가 안 좋다는 걸 알았고, 무리하려고 하려는 것 또한 알고 있어 어쩔 수 없이 손을 썼다고.

그러니 불쾌하더라도 이해해 달라고.

무린은 이해했다.

이곳은 생명의 은을 입은 대지다.

자존심은 분명히 상했지만, 그를 표현하는 것은 못 배운 자들이나 하는 짓임을 무린은 잘 알고 있었다.

또한 그 자존심에 상처를 입은 것도 결국 자신이 약해서, 자신이 부상당해서 나온 결과가 아닌가.

그러니 무린은 그 일에는 마음을 두지 않고 있었다.

─괜찮습니다.

"이해해 주셔서 감사해요. 근데, 스승님 말을 들을 생각은 없나 보네요?"

"……."

끄덕.

그럼, 당연한 말씀이다.

말했듯이 무린은 고집이 있다. 그것도 꽤나 쇠심줄처럼 질기다. 결코 타인의 의지에 의해 자신의 생각이 꺾이지 않는 질김을 자랑했다.

특히, 이렇게 무(武)에 관련된 길이라면 말이다.

"전력을 다할 거죠?"

"……."

끄덕.

"제 검은 매서워요. 어제와 같지 않을 거예요."

슥슥.

─제 창도 날카롭습니다.

"후후, 그럼요. 비천객의 창이 설마 물렁할까요? 저도 안

답니다. 하지만… 지금의 몸 상태로는 제 진심이 담긴 검격 한 번이면, 당신의 목은 땅바닥을 구를 거예요. 그건 장담할 수 있답니다."

―바라는 바입니다.

무린의 바닥 글자를 본 정심이 꽥 소리쳤다.

"안 돼요! 여태 내 말 어디로 들었어요!"

윽.

무린은 저도 모르게 고개를 돌려, 눈살을 찡그렸다. 쩌렁쩌 렁 울린 정심의 말이 고막을 무방비상태에서 강타한 탓이다.

"어마, 깜짝아!"

"아, 아아. 사자, 죄송합니다……."

그 말에 정심은 다시 급히 고개를 숙여 죄송하다고 했다. 하지만 그때 스르르, 마치 구름처럼 이옥상이 움직였다.

콕.

콕콕!

"벌이야!"

손가락으로 정심의 신체 몇 군데를 찌르더니, 그대로 들쳐 업고는 저 멀리 나무기둥에 내려놓고는 다시 무린의 앞으로 오는 이옥상.

그러더니 환하게 웃었다.

자, 그럼 방해꾼도 조용해졌으니까…….

"시작해 볼까요?"

피식.

그걸 보며 무린은 확신했다.

이 여인도, 결국은 자신과 비슷하다고.

스르릉.

여인답지 않게 너무나 투박한 상처투성이의 손에 잡혀 나오는 검을 보며, 무린도 짙은 미소를 피우고는 창을 들어 올렸다.

동류를 만난 기쁨이 무린의 가슴을 가득 채웠다.

"갈게요."

"……"

고개를 끄덕이려는 찰나.

어느새 이옥상의 검은 무린의 정수리로 떨어져 내리고 있었다.

쩡……!

그 소리를 시작으로, 서요벽은 흉흉한 병장기 부딪치는 소리로 가득 찼다.

읍읍! 하고 몸을 비트는 정심은 둘의 관심에서 빠르게 사라졌다. 서운함이 가득 찬 눈동자로 제아무리 애원했지만 무린과 이옥상이 정심을 돌아보는 일은 없었다.

대련은 오래가지 못했다.

반에 반각?

첫 번째 제대로 된 대련은 겨우 스무 합을 못 넘기고 무린
의 기절로 끝났다.

第百二十章 탈출계(脫出計)

귀환병사

서걱!

언월대도의 깔끔한 일격에 머리가 두둥실 떠올랐다.

떠오른 머리는 머리카락을 말총으로 묶었는데, 중원에서는 보기 힘든 격식이었고, 당연히 저 북원의 병사였다.

휘리릭!

푹!

"컥……."

마지막으로 저항하던 북원병에게 손도끼 하나가 안면으로 날아와 처박혔다. 그가 스르륵, 뒤로 넘어가려는 찰나 바람처럼 달려와 그를 잡는 사람이 있었다.

검은 야행복을 갖춰 입은 그는 쓰러지는 북원병을 잡아 가지런히 풀숲에 눕혔다.

"후우⋯⋯."

그 후 짧은 한숨.

"정리 끝났습니다."

"수고했다."

비도로 북원병의 숨통을 열이나 끊어버린 연경이 주변을 다 둘러보고는 와서 제종에게 말했다. 제종은 그에 고개를 가볍게 끄덕였다.

벌써 몇 번째 기습이다.

그것도 비천대가 먼저 행하는 기습.

며칠을 도망치다가 무혜는 작전을 변경했다. 적의 병력이 산개되어 포위하는 중이라는 것을 알고 나서부터였다.

현제 비천대는 왕청까지 올라갔다. 혼춘에서 위인 왕청까지 밀렸다는 것은 북원의 포위가 점점 비천대를 가두기 시작했다는 것을 의미했다.

동시에 사냥처럼 몰이까지.

"이거, 위험한데⋯⋯."

"동감입니다."

이번 기습을 이끄는 비천조장은 제종과 관평, 그리고 장팔이었다. 나머지는 전부 후미에 있었다.

"돌아가지."

"……."

"……."

일단 셋은 비천대 서른을 이끌고 다시 복귀했다. 왔던 길을
되짚어 반 시진 정도 달리니 비천대가 쉬고 있는 동굴에 도착
했다.

자연적으로 만들어진 동굴을 인위적으로 가려버렸다. 숨
기에는 최고의 동굴을 무혜가 눈썰미로 찾은 것이다.

안으로 들어가자 무혜가 쉬고 있는 게 보였다.

"수고하셨습니다."

"별말씀을. 그보다 군사."

"말씀하세요."

"적의 병력이 점점 위로 올라오고 있소."

"두 번의 기습지시를 내렸어요. 만나는 시각에 차이는 어
땠나요."

"겨우 이다경이나 될까 말까였소."

"음……."

소수의 병력을 만났던 시각. 그 병력과 병력 사이의 거리를
말함이었다. 그런데 이다경이면 그만큼 촘촘하다는 뜻이었
다.

"갈 조장님."

"말하시오, 군사. 킬킬."

"배는 언제 준비되나요?"

"제대로 출발했다면 하루, 늦어도 하루 반나절이면 혼춘에 도착할게요. 킬킬."

"그렇군요."

갈충이 보낸 전문이 황실의 자칭, 서창으로. 다시 그 전문이 운삼의 직인이 찍혀 북풍상단으로 들어가 조선의 강릉도로 넘어갔다.

차질 없이 진행 중이다.

이런 전문을 받은 게 어저께.

시각 차이를 생각해 보면 이제 슬슬 혼춘으로 가야 했다.

무혜는 다시 품에서 지도를 꺼냈다.

얼마나 많이 봤는지 이제 손때를 가득 탄 무혜의 군사지도는 지금 이 순간, 황금 백만 관보다 더한 보물이었다.

갈충이 '킬킬, 또 생각하는구먼' 하면서 무혜의 옆으로 다가갔다. 다른 조장들도 당연히 모여들었다.

무혜가 지도를 볼 때면, 항상 묘수를 생각 중이라는 것을 잘 알기 때문이다. 무혜는 눈을 좁히고 계속해서 지도만 살펴봤다.

그러다가 불쑥 고개도 들지 않고 물었다.

"말의 체력은 하루 종일 달릴 수 있나요?"

그 물음에 곧바로 반응한 것은 당연히 마예였다.

"그럼, 혹사의 사막에서도 하루 이상은 너끈히 달렸지. 중간 중간 물과 먹이만 제대로 주면 밤을 새도록 달릴 수 있다. 그건 장담하지."

그렇게 말하며 마예가 주먹으로 제 자신의 가슴을 탕탕 쳤다. 말과 일평생을 보낸 사람이 바로 마예다.

그런 그가 대사막의 한 복판에서 말 장사를 하려고 했다. 물론, 전마 쪽이었다.

군부와는 어차피 퇴역하면서부터 연이 살짝 닿아 있었기 때문에 사는데 지장도 없었다. 그러다가 인명부의 발동으로 올 때, 마예는 자신이 키워놓았던 최고의 말들만 데리고 왔다.

"그럼 다른 질문을 하나 할게요. 적이라면 숲이나 풀, 이런 쪽을 더 경계할까요. 아니면 관도처럼 훤히 보이는 곳을 집중 경계할까요?"

"음? 그야 당연히 숨기 좋은 곳 아니겠소?"

"그렇겠지요?"

"뭘 그런 걸… 아, 아하. 하하하."

제종이 무혜의 말에 대답하다 말고 큰 소리로 웃었다. 뒤늦게 무혜가 무슨 작전을 쓰려는지 알아차린 것이다.

마예에게 말의 체력을 묻고, 관도의 얘기를 꺼냈다는 것이 이미 모든 것을 말해준 것과 다름이 없었다.

"으음… 허허. 그렇군. 허를 찌르겠어."

"잘하면 하루 만에 혼춘까지 갈수 있겠어."

"하지만 잡히면? 끔찍할 거다."

북원의 정예는 당연히 기병이다. 물론 현재 요녕에서 치고 박느라 기병 중 정예는 거의 없었지만 재수 없으면 수백의 기병에게 잡히는 수가 있었다.

허를 찌르는 만큼, 그만큼 위험부담도 크다는 소리였다.

무혜는 전략은 입 안했지만, 설득하지는 않았다.

항상 이런 식이었다.

선택은 비천대가 한다.

조장들이 의논을 통해 무혜의 작전의 성공률이나 이런 걸 따진다. 그래서 괜찮다 싶으면 하지만, 사실 거절당한 작전은 없었다.

그리고 지금도 마찬가지였다.

"하루나 하루 반나절이면 북풍상단의 배가 혼춘에 도착해. 킬킬. 재수 없이 북원새끼들한테 걸리면 그 배도 뽀개지겠지?"

"하하, 전에도 그랬듯, 지금도 선택권은 없군."

제종과 갈충의 말이었다.

둘의 말처럼, 사실 선택지는 하나였다.

이미 강릉도에서 출발한 북풍상단의 배가 바다를 북상해 혼춘으로 오고 있었다. 하루나, 하루 반나절만 남은 거리.

늦장 부리다가 그 배가 북원군에게 걸리면 이쪽의 생각이 흘러나갈 수밖에 없었다. 초원여우가 있는 이상 분명 북풍상단이 비천대의 조력자라는 걸 알고 있을 것이기 때문이다.

만약 강릉도, 인주를 통해 다시 주산군도로 넘어가는 길이 막히면, 비천대는 정말 길림성에 제대로 고립되고 말 것이다.

그런 일은 피해야 했다.

"식량도 떨어져 갑니다. 이제 결단을 봐야겠지요."

"정신력도 슬슬 생각해야 합니다. 아무리 저희라도 고립되는 기간이 길어지면 밑에서부터 붕괴될지 모릅니다."

식량을 담당하던 태산의 말이었고, 윤복이 동굴 벽에 기대 쉬고 있는 비천대원들을 보며 한 말이었다.

둘의 말에 모두가 고개를 끄덕였다.

슬슬, 이 지겨운 곳에서 빠져나갈 때가 되긴 했다. 그리고 사실 마음이 급하긴 했다. 무린 때문이었다.

모두들 말은 안 하고 있었다.

무혜의 심기를 어지럽힐까 봐 조심하고 있는 것이다.

현재 무혜의 존재는 비천대에서 절대적이다.

만약 무혜 없이 비천대가 이렇게 고립이 됐다면? 십에 십, 백에 백. 힘으로 요녕을 뚫어서 주산군도로 향했을 것이다.

해로는 분명 신경도 못 썼을 것이다.

그렇다면 피해는?

어마어마했겠지…….

그런데 무혜가 있어 지금까지 단 한 명의 희생 없이 지금까지 버티고 있던 것이다.

그런 무혜의 심기가 흐트러지면 그건 그대로 비천대의 피해로 직결된다는 것을 모두들 잘 알고 있었고, 그래서 무린의 얘기는 꺼내지 않았다.

꺼내는 사람이 있다면 오직 한 명.

단문영이었다.

"진 공자가 무리하기 시작했어요."

툭, 떨어진 단문영의 말에 모두의 시선이 죄다 쏠렸다.

쉬고 있던 비천대원들의 눈빛도 마찬가지로 단문영에게 몰렸다.

작지만 결코 작은 목소리가 아닌 단문영의 말에 그게 무슨 뜻이냐는 눈초리를 보냈다.

"집착, 그리고 고련."

"집착? 고련?"

백면이 불쑥 묻자 단문영이 고개를 끄덕였다.

그녀는 이렇게 멀리 떨어져 있는데도 명확하게 느끼고 있었다.

무린의 마음을 읽는 것은 서로 약조하에 자제하기로 했지만 예외의 상황에서는 허락한다고 했었다.

단문영 본인이 느끼기에 지금이 예외의 상황.

그래서 매일 무린의 마음을 읽는 단문영이었다.

"죄책감을 느끼고 있어요. 벽을 넘을 방법으로 집착과 고련. 자신을 한계까지 몰아붙일 작정인가 보네요."

어딘지 나른… 한 느낌이 가득한 말이었다.

그리고 어둡기도 했다.

피식.

백면의 웃음소리가 동굴에 작게 메아리 쳤다.

"진 형답군."

"허허, 허허허."

백면의 말에 남궁유청이 웃었다.

걱정이 담긴 미소는 아니었다.

무인이라면 언제나 고련이 따라야 하는 법, 그는 그걸 가장 잘 알고 있는 사람들 중 하나였다.

창궁무애검.

그 얼마나 고된 고련 속에 얻었는가.

그러니 이해했다.

백면도 마찬가지.

그는 가면을 한차례 고쳐 쓰고는 눈을 빛내며 말했다.

"진 형은 이제 신경 안 써도 되겠어. 중요한 건 우리다. 군사의 작전을 받아들여 관도를 돌파하겠다. 이의 있는 사람."

모두가 들으라는 듯, 제법 목소리가 컸고, 동굴 속의 비천 대원들은 전원이 들었다.

"······."

"······."

이의 제기를 하는 비천대는 없었다.

그에 백면은 고개를 끄덕였다.

"좋아. 그럼 오늘 인시 말에 출발한다. 모두 준비 단단히 하도록."

네.

가볍게 대답이 돌아왔다.

"너도 좀 쉬어두거라. 긴 하루가 될 것 같으니."

"예, 그럴게요."

남궁유청의 말에 무혜는 가볍게 고개를 끄덕였다. 그리고 는 몸을 정돈하고 비천대가 만들어 준 자리에 누웠다.

무혜가 눕자 얼마 안 있어 옆으로 단문영이 누웠다.

서로 마주보고 누운지라 눈이 마주쳤다.

"······."

"······."

잠시 말이 없다가, 단문영이 먼저 살짝 웃었다. 그에 무혜
는 그런 미소를 가만히 바라보기만 하다가 눈을 감았다.

우물쭈물 거리던 입은 완전히 닫혔다.

할 말이 있었던 것일까?

있어도 어쩔 수 없다.

무혜가 입을 열지 않는 이상 알 방도는 없었으니까.

후우······.

가지런한 한숨만 뭔가 의미심장했다.

*　　　　*　　　　*

이른 새벽이라 부르기도 뭐한, 송곳같이 날카로운 한파가
몰아치는 야심한 시각에 비천대는 반대로 부산스러웠다.

"이제 좀 괜찮을 게다."

"감사합니다."

남궁유청이 무혜의 손목을 잡았다고 놓았다. 그러면서 마
치 할아버지처럼 푸근한 미소와 함께 말하자, 무혜도 가벼운

미소와 함께 답했다.

이곳에서 무공을 익히지 않은 사람은 무혜가 유일했다.

비천대는 전부 천옷 겉에 가죽갑옷을 걸치고, 다시 밖에 검은 무복을 입은 게 전부지만 무혜는 아예 꽁꽁 무장을 한 상태였다.

목에는 무린이 사줬던 여우 목도리가 돌돌 감겨 있었다.

무공을 익히지 못한 무혜에게 이런 혹한의 추위는 사실 독이나 마찬가지였다.

처음에는 말을 안 해 아예 입술을 파랗게 질렸었는데, 그걸 본 남궁유청이 내력으로 계속해서 추위를 몰아내주고 있었다.

임시방편이지만, 만약 그러지 않았다면 무혜는 아마 예전에 몸져누웠을 것이다.

"출발시킵니까?"

"그러세요."

관평의 물음에 무혜가 고개를 끄덕였다. 그러자 관평이 시선을 돌려, 김연호와 연경을 바라봤다.

이미 둘은 말에 탑승한 상태, 둘의 뒤로 여덟의 비천대가 있었다. 선발척후조의 임무를 맡은 비천대원들이었다.

끄덕.

관평의 시선을 받은 김연호와 연경이 고개를 가볍게 끄덕이고는 뒤로 눈짓을 보냈다.

뒤에서 다시 끄덕거리는 움직임이 있고, 조용히 선발조가 출발했다.

작전은 시작됐다.

"저희는 이각 뒤에 출발합니다."

"알겠습니다."

선발조와 격차가 너무 벌어져선 안 된다.

애초에 그냥 버리는 패라면 상관없지만 비천대는 단 한 명이 아쉬운 상황.

결코 사망자가 나와서는 안 되는 상황이다.

"조심해야 할 건 없습니까?"

"당연히 있습니다. 천리안의 계략. 그리고 소전신. 소전신의 친위대."

관평의 물음에 무혜는 즉답으로 현 상황에서 가장 조심해야 하는 것을 말했다. 천리안의 계략은 무혜로서도 부담스럽다.

그의 용병술은 이미 보았다.

작정을 했는지 길림성을 몇 천의 병력으로 촘촘히 둘러싸고 비천대를 말려 죽이려 하고 있었다.

그의 전술전략. 지휘가 부족했다면 이미 무혜가 강행돌파로 뚫어버렸을 것이다. 그런데 반대로 무혜가 계속해서 도망치고 있다는 것은 뚫으려면 상당히 피해가 있을 것이라 예상했기 때문이다.

그렇게 예상한 것은 물론, 천리안 바타르가 나선 덕분이고. 그래서 이 상황에서 가장 조심해야 하는 건 천리안이다.

괜히 그가, 천리안이라 불리는 게 아닌 것이다. 그럼 소전신 우챠이와 그의 친위대는? 말이 필요 없다.

격돌 즉시 양패구상이다.

제대로 함정에 빠뜨려 기습을 한다고 해도 피해는 각오해야 할 것이다. 그러니 소전신과 친위대도 절대적으로 경계해야 할 대상이었다.

"군사의 생각을 천리안이 읽었을 확률은?"

"오 할."

무혜는 딱 잡아 말했다.

오 할.

어마어마한 수치다.

둘 중 하나라는 이 확률은 정말 도박에 가까운 수치다. 하지만 반대로 이번 작전은 사실 무혜의 입장에서 할 수밖에 없었다.

도박에 가까운 수치라도, 계속해서 위로 밀려나가면 결국은 고립이고, 아사(餓死)다.

물론 진짜 식량 때문에 죽진 않겠지만 식량의 보급이 제대로 이루어지지 않는다면 사기 저하와 함께 전투력도 심각한 수준으로 떨어질 것이다.

"괜찮겠습니까?"

"물론입니다."

하지만 천리안이 알아차린다고 해도, 이쪽은 또 다른 패가 있다. 아니, 이미 알려졌지만 대응하기 힘든 패.

힐끗.

무혜의 시선이 이곳에서 자신을 빼면 유일한 여인, 단문영에게로 향했다. 무혜의 시선을 느꼈는지 그녀가 무혜를 바라봤다.

싱긋.

무혜의 시선을 받은 단문영은 예의 그 묘하게 신비로운 미소로 화답하며, 살짝 고개를 끄덕였다.

무혜가 무슨 마음으로 시선을 던졌는지 제대로 받은 것 같았다.

그래, 맞다.

독이다.

이 중원 땅에서 당문과 버금가는 유일한 만독문의 독. 길림성에서 적을 떼로 죽여 버린 그 비전의 독공의 대가인 단문영의 존재는 천리안이 알아차린다고 해도 한두 번은 무사히 통과시키게 만들어줄 것이다.

"슬슬 출발하지."

슥.

백면의 그렇게 말하고는 자신의 전마에 올라탔다. 그러자 그의 전마는 가볍게 고개를 털어댔다.

마치 자신도 준비됐다고 주인에게 알리는 행동 같았다.

"비천대 전원 상마."

관평의 나직한 말에 비천대가 속속들이 전마에 올라섰다.

무혜도 남궁유청의 도움을 받아 그의 앞으로 탔다.

다가닥, 다가닥.

전열은 순식간에 갖추어 졌다.

백면이 최전방.

그리고 그 뒤로 무혜를 태운 남궁유청, 양 옆으로 관평과 장팔. 그렇게 무혜를 암습에서 최대한 보호하려는 진이었다.

백면과 남궁유청이 못 막으면 설령 무린이 있더라도 어쩌면 막지 못할 테니까.

"가자."

백면이 손을 들고 고삐를 당겼다.

비천대는 순식간에 그 자리서 사라졌다.

기척도 없이 조용히.

그러나. 기척도 없이 비천대가 사라진 자리에 마찬가지로
기척도 없이 나타난 이들이 있었다.

오로로로로…….

第百二十一章

이상징후(異狀徵候)

귀환병사

쩡!

"큭!"

창을 든 무린의 신형이 뒤로 주룩 밀렸다. 오늘로 벌써 일주일째. 소검후 이옥상은 확실히 강했다.

무린을 정말 극한까지 몰고 가고 있었다.

봐주는 법은? 결코 없었다.

검을 들기 전의 그녀와, 검은 손에 쥐고 나서의 그녀는 아예 다른 인물이었다. 그렇다고 인격이 나뉘지는, 정신분열에 가까운 모습은 아니었지만 확실히 검을 손에 쥐었을 때는 모든 망설임을 끊어버린 냉정한 검객이 되었다.

지금도 마찬가지.

겨드랑이쪽에서부터 찔러 들어와 심장을 꿰뚫으려고 했다. 그 손속에는 일말의 망설임도 없었다.

전력은 아니었어도, 진심이긴 하다는 소리다.

쉭.

다시금 날듯이 다가와 무린의 정수리에 검을 내려쳤다.

"홉!"

쩡!

쿵!

막음과 동시에 무릎이 꺾여 지면에 닿았다.

육체적인 힘 말고, 내력에서 현재는 절대적으로 차이가 나고 있었다.

퍽! 이옥상이 무린의 가슴을 밀듯이 걷어찼다.

막고 자시고 할 것도 없이 걷어차인 무린은 뒤로 쭉 날아가 바닥을 굴렀다.

사삭. 물결처럼 부드럽게 이옥상이 다시 몸을 세우는 무린의 전면에 나타났다.

쩌정!

날카롭게 뻗어오는 다리를 무린은 어깨로 막았다. 그러나 일류이 어깨에서부터 돌면서 내력이 실린 이옥상의 발을 막았고, 팅기듯이 상체를 세워 아래에서 위로, 벼락같이 오른발의 앞꿈치를 쏘아 올렸다.

숙!

이옥상이 뒤로 고개를 당겼기 때문에 무린의 발은 허무하게 빗나갔다. 그러나 공격은 끝난 게 아니었다.

고개를 뒤로 당겼기 때문에 잠시 움직임에 제동이 걸린 이옥상에게 어느새 무린은 왼 주먹을 뻗고 있었다.

부드러운 연환공격.

슈악.

그러나 이옥상은 그런 무린의 손목을 향해 검을 내리쳤다. 날카로운 푸른 검기가 가득 담긴 공격이었다.

맞으면 손목이 뎅강 잘려도 이상할 게 없는 공격,

쩡!

그그극!

그러나 무린의 대응은 예상외, 상식을 넘어섰다.

주먹을 펴고, 뒤집어서 벼락처럼 떨어지는 이옥상의 검을 틀어 쥔 것이다. 분명 미친 짓이었다.

그러나 무린은 다르다.

일류공의 보호를 받는 무린은 극한까지 내력을 끌어올려, 거기에 삼륜까지 더해 떨어지는 중력의 힘까지 더해진 이옥상의 검을 막은 것이다.

내력과 내력이 만나면서 굉음을 일으켰다.

고막이 아릿해질 정도의 소름끼치는 파열음.

"홉!"

그 순간 무린의 노림수가 터졌다.

손아귀를 꽉 쥐어 이옥상의 검을 잡고, 그리고 반대쪽 어깨를 뒤집었다.

돌아가는 어깨로부터 밑으로 이어진 손에는 철창이 당연히 쥐어져 있었다.

슈악!

여기저기 이가 빠졌다고 해도, 무린의 내력을 머금은 철창이다.

무방비로 맞는 순간 곧바로 죽음이다.

쩡!

그러나 괜히 소검후가 아니다.

이옥상도 무린처럼 수도로 검을 만들었다. 그리고 떨어져 내리는 창날을 아래에서 위로, 그대로 후려쳤다.

아직 완벽하게 회복하지 못한 삼륜공이라, 이옥상의 내력에 밀려 창은 허무할 정도로 위로 튕겨나갔다.

그에 어깨가 강제로 솟구치자 무린은 왼손으로 잡고 있던 이옥상의 검을 놓고 뒤로 신형을 튕겼다.

탁, 타닥.

착지하고 다시 한 발자국 더 물러난 뒤 자세를 잡는 무린.

"……"

"……"

그러나 대치는 오래가지 못했다.

무린이 먼저 자세를 푼 것이다.

그 뒤 이옥상이 마찬가지로 자세를 풀었다.

왜?

파삭!

무린의 철창이 자세를 바로하자마자 깨져버렸다. 군데군데 금이 가더니, 결국 내력을 버티지 못한 것이다.

이옥상과의 대련은 첫 기절 이후, 오늘이 벌써 열두 번째다. 하루에 두 번이나 만나 무린은 정상도 아닌 몸을 한계까지 몰아붙였다.

내력도 있는 힘껏 사용했다.

그 와중에 이옥상의 내력과 충돌한 횟수는 이루 셀 수 없이 많았다. 안 그래도 한계까지 도달한 철창이었다.

그게 오늘을 끝으로, 자신의 존재의미를 잃은 것이다.

날이 없는 창은, 당연하게도 창이 아니다.

봉으로 사용하면 되겠지만, 무린은 봉이 아닌 창을 다루는 자다. 그 공격방법 자체가 비슷하다고 해도 자연히 차이가 있을 수밖에 없다.

봉은 타격이다.

반대로 창은 찌르고, 베고, 때리고 전부를 다 한다.

"오늘은 그만해야겠네요."

"그래야겠소."

이옥상이 이마를 훔치며 말하자, 무린도 고개를 끄덕였다. 오늘은 한계까지 몸을 움직이지 못했다.

그러나 어쩔 수 없었다.

창이 없으면, 이옥상의 공격은 피할 수 있어도 반격은 꿈도 못 꿀 테니 말이다.

간격을 파고들어 육탄전을 벌이면 되겠지만 이옥상은 그런 방식이 통할 만한 존재가 아니었다. 소검후이니 말이다.

"그럼."

"……"

슥.

이옥상은 바로 무린을 남겨두고 떠났다. 창이 없는 무린은 대결할 의미가 없기 때문이다. 무린도 알기에 잡지 않았다.

그리고 가만히 창끝을 보았다가, 바닥에 떨어진 창날의 조각들을 보았다. 뭐랄까… 복잡한 기분, 미묘한 감정들이 뭉클뭉클 피어났다.

처음은 아니었다.

북방에서 전전하면서, 창은 수도 없이 갈았다.

잃어버려서 다시 받은 적도 있었고, 도망치다 버린 적도 있었다. 북원병의 도끼나 대도에 맞아 깨진 적도 있었다.

그러나 그때는 이런 감정을 전혀 느끼지 못했다.

누군가는 '병장기는 우리의 또 다른 손과 발이다' 이렇게 말하지만 무린에게는 사람을 죽이는 무기. 나를 살리는 무기.

그 이상의 의미를 두지 않았기 때문이다.

'불안하군.'

창이 없어서?

그런 마음도 있었다.

무린의 봉(棒)이 아닌, 창(槍)을 다루는 무인이니 말이다. 그럴 리는 없겠지만 뭔 일이 일어나면 창은 절대적으로 필요하다.

'아니야. 으음…….'

하지만 지금은 그런 마음이 아니었다.

왜 깨졌지?

아니, 깨질 만할 때이긴 했다.

이미 회생이 불가능할 정도로 금이 간 것을 훈련을 시작하기 전 알아차렸고, 마지막은 자신의 손으로 보내주겠다고 마음까지 먹었다.

그러니 언제 깨져도 이상할 게 없는 상황이었다.

'그런데 왜?'

왜 불안한 마음이 들지?

설마?

'아니야. 으음……'

순간적으로 비천대에게 생각이 이어졌다.

무슨 일이 생긴 것일까?

너무나 당연하게 그렇게 생각이 이어지자 무린의 미간에 골이 깊게 파였다.

당연한 일이었다.

비천대는 자신의 너무 소중한 동료들이었고, 현재 그곳에는 동생인 무혜까지 있는 상황이니 말이다.

무린은 즉시 신형을 날렸다.

려나, 무월이 비천대의 소식을 묻기 위해서였다.

사라진 무린이 머문 자리에는 깨진 창날이 반짝거렸다.

왠지… 슬프게.

*   *   *

무린은 방으로 돌아오자마자 가부좌를 틀었다.

오는 내내 심장이 갑자기 쿵쿵 뛰기 시작하더니 진정이 안되고 있었기 때문이다. 무린의 표정은 정말 좋지 않았다.

'뭐냐. 이 기분은⋯⋯.'

도저히 말로 설명할 수 없는 짜증나는 기분이다.

심장이 지 멋대로 쿵쿵 뛰는데, 이게 이류과 일류으로도 발작을 잡지 못하고 있었다.

쿵.

쿵쿵.

두근거림과는 다른, 일종의 불안감을 느낄 때나 뜀 법한 심장박동은 가부좌를 틀고 정신을 집중하고 있는데도 가라앉지 않는다는 것을 느꼈을 때, 무린은 다른 것을 깨달았다.

'이거 설마⋯⋯.'

무린을 타의적으로 뒤흔들 수 있는 것.

요 근래는 느끼지 못했지만 예전에는 많이 느꼈던 것.

'혼심독!'

단문영이 자신의 심령에 걸어버린 혼심독의 존재를 무린은 떠올린 것이다. 하지만 왜? 단문영은 무린을 흔들지 않겠다고 약조했다.

결코 그녀가 자신의 의지로 무린을 흔들 일은 없었다. 하지만 지금 이 현상은 혼심독 외에는 설명할 길이 없었다.

'그럴 리가 없어. 단문영은 이제 동료다. 전우라고 해도 과언이 아니야! 그런데 왜? 왜 갑자기 마음이 변⋯ 아, 설마⋯⋯.'

무린은 깨달았다.

단문영이 자의가 아닌, 타의로 혼심독을 흔드는 경우.

단문영 본인의 목숨이 경각에 달렸을 때. 단문영이 혼심독의 제어를 못하게 됐을 경우. 바로 이 경우 하나다.

하지만 단문영이 왜?

무린은 그 이유도 깨달았다.

'비천대에 무슨 일이 생겼어…….'

단문영은 비천대와 함께 있다. 비천대와 같이 있다는 것은 분명 위험하지만 반대로 생각하면 아주 안전하다.

비천대의 무력은 웬만한 위험은 타파하고 단문영을 지킬 수 있기 때문이다. 하지만 웬만한 위험, 그것을 넘어가는 위협을 받았다면?

비천대도 버티지 못할 정도의 위험을 받았다면? 그래서 자신들의 목숨은 물론 단문영까지 위험에 빠졌다면?

'잠깐, 그렇다면…….'

이거… 위험하다.

단문영이 만약 죽게 된다면……?

'나도 죽는다.'

무린도 죽게 된다.

혼심독은 절대로 벗어나지 못하는 족쇄(足鎖), 천형(天刑)에 가깝다. 태고의 강호에서 태동해서, 지금까지 맥이 이어진

몇 안 되는 불가해 중 가히 으뜸이라 칭해질, 어쩌면 축복의,
반대로 저주의 공부.

단문영이 죽으면 무린도 반드시 죽는다.

그 반대도 마찬가지고.

후우…….

저절로 깊은 한숨을 내쉰 무린은 눈을 떴다. 제아무리 이륜
을 돌려도 어차피 안정이 되질 않을 것이라는 것을 알기 때문
이다.

또한 지금 이 상황에 자신이 할 수 있는 것은 그저 기다리
는 것밖에 없다는 것도 동시에 깨달았다.

"하, 하하하."

허탈한 웃음이었다.

이런 무기력함이라니.

까드득!

이가 잘게 갈리면서 부서질 정도의 섬뜩한 소리가 들렸다.
마음속에서 들불처럼 분노가 일어났다.

스스로에 대한 분노였다.

그러나 무린은 그걸 곧바로 내리눌렀다.

다가오는 기척을 느꼈기 때문이다.

보폭의 간격으로 보아 동생인 무월이었다.

"오라버니, 안에 계세요?"

"안에 있다."

"네."

끼익. 하고 경첩이 거슬리는 소음을 냈지만 무린도 무월도 그걸 신경 쓰지는 않았다. 방으로 들어온 무월은 무린의 앞에 앉았다.

"또 옆 섬에 갔다 왔나 보구나."

"네, 혹시 몰라서⋯⋯."

무린만큼 무월도 걱정이 가득하긴 마찬가지였다.

무혜가 비천대와 함께 있기 때문이다. 그것도 군사의 자리다. 가장 위협을 많이 받는 직위를 맡고 있으니 걱정이 안 될 리가 없었다.

그래서 무월은 매일 사시 초에 옆 섬에 갔다가 신시 말에 다시 이곳으로 오고는 했다. 그건 무린이 깨어나고 거동이 가능해지고 나서부터 매일이었다.

지금까지 하루도 안 빼먹고 말이다.

"그래, 새롭게 들려오는 말은 있니?"

"아니요. 요녕성의 전황은 들었는데⋯ 비천대의 소식은 못 들었어요."

"그렇구나."

무린도 요녕성의 전황은 알고 있다.

산해관을 뒤에 놓고 배수의 진을 치고 버티는 장양성 대장군과 임전무퇴의 호언량 장군이 이제는 하루에도 몇 번씩 천리안 바타르와 용병왕 아므라와 치고, 박고. 일진일퇴를 거듭하고 있었다.

병력에서 큰 차이가 남에도 이렇게 일진일퇴가 가능한 것은 둘의 역량도 역량이지만 비천대가 길림성을 쑥대밭으로 만들면서 바타르가 요녕성에만 집중을 못하게 만들 것도 현 전황을 만든 결정적인 원인이었다.

전쟁물자 보급의 지연은 그만큼 전쟁 그 자체에 큰 영향을 끼치는 것이다. 그렇게 피 터지는 공방을 주고받으니 그 전황은 계속해서 전 중원으로 퍼지고 있었다.

하지만 비천대의 소식은 무월에게 듣기로 며칠 전부터 말랐다.

죽었는지 살았는지, 아직도 고립된 상황인지 아니면 빠져나갔는지. 그 어떤 소식도 중원으로 들어오질 않았다.

그래서 무월도 요즘 많이 불안해하고 있었다.

그녀도 전쟁이 무엇인지, 겪어 봤기에 비천대에게 어떤 일이 벌어져도 이상하지 않을 상황이라는 것을 알고 있는 것이다.

"걱정 말아라. 비천대는 무사할 것이다."

"네, 저도 그렇게 생각해요. 언니가 있잖아요?"

"하하, 그렇지. 혜의 머리만 있으면 어떤 위험이 닥쳐도 충분히 깨뜨리고 무사히 돌아올 것이다."

"그렇겠죠?"

"그럼, 그렇고말고."

무린은 따뜻하게 웃으며 무월을 안심시켰다.

쿵쿵, 여전히 빠르게 박동하는 심장의 불안한 심정은 결코 내비치지 않았다. 이 일은 차라리… 혼자만 알고 있어야 하기 때문이다.

그리고 혹시 아나?

자신의 심장이 혼자 심심해서 이러는 건지?

실제 단문영도, 비천대도 아무런 피해 없이 주산군도 오고 있을지? 그러니 확실하지 않은 것은 얘기하지 않는 게 자신에게도, 무월에게도 좋다고 생각하는 무린이었다.

슥.

등골을 스쳐가는 한기.

"월아, 잠시 나가 있어라."

"네? 아, 네……."

무월은 무린의 눈동자는 물론 얼굴 전체가 굳은 것을 보고 고개를 선선히 끄덕였다.

무월이 나가자 무린이 그 자세 그대로 다시 입을 열었다.

"나와라."

삭.

무월이 나갔던 문이 다시 열리고 정말 빠르고, 은밀하게 무린의 앞으로 검은 인형이 떨어져 내렸다.

무린은 이 자가 누군지 알고 있었다. 스승님이 무혜와 월이를 위해 붙여준 당신의 수신호위.

제영일조의 인물이었다.

조장인 제영을 포함한 다섯이 남았고, 남은 제영일조 전부가 무월의 곁에 남은 것으로 알고 있었다.

이자는 제영일조의 부조장이었다.

"무슨 일이지?"

"드릴 말씀이 있습니다."

"드릴 말?"

순간적으로 무린은 심장의 두근거림이 심화되어 가는 것을 느꼈다.

점점 더 빠르게 뛰고, 통증까지 느껴지기 시작했다.

본능적이라고 해야 할까?

무린은 결코 앞에 선 제영대원이 좋은 말을 하지 않을 것이라고 느꼈다. 왜냐고? 이자가 모습을 자신의 앞에 드러낸 게 이번이 처음이기 때문이다.

제영대의 임무는 무린의 호위가 아니다.

무린의 연락책도 아니다.

어떤 상황 속에서도 온전히 무혜와 무월을 지키는 게 제영일조의 임무였다. 그러니 자신의 앞에는 모습을 드러내지 않는 게 맞다.

그런데 모습을 드러냈다.

전할 말이 있다고 한다.

좋은 말이 나올까?

글쎄… 결코 그러지 않을 것이라는 확신을 할 수밖에 없는 무린이었다. 그리고 그 확신은 기가 막히게 맞아 떨어졌다.

"구양가가 모습을 드러냈습니다."

"구양가? 마도일가?"

"네."

"어디지?"

"안휘성입니다."

"……."

안휘, 안휘성이라…….

그곳에 뭐가 있더라.

천하제일가가 있다.

당금 천하제일가.

남궁세가.

"위치는?"

"안휘성 남단, 호북성 경계 태호입니다."

"태호, 태호라……."

"북상 중이라고 했습니다. 지금쯤이면 이미……."

"합비에 도착하고도 남았겠지. 그것 말고 다른 정보는?"

"아직입니다. 이 정보도 좀 전에 받았습니다."

쿵쿵.

욱신!

심장의 통증은 단문영 때문이다. 그건 확신할 수 있다. 그런데 그런 통증을 더해줄 원인이 슬그머니 하나 더 등장했다.

"그래, 왜 안 움직이나 했지."

"어떡하시겠습니까?"

"……."

구양가.

마도제일가.

절대적인 무를 숭상하는, 그러나 그 방법이 너무 잔인해 마도로 배척당한 무공에 미친 집단이 바로 구양세가다.

언급했듯이 구양세가의 구성원은 결코 이백을 넘지 못한다. 일정한 나이가 되면 시작되는 강자존의 율법에서 죽을 때까지 살아남아야 하기 때문이다.

그래서 살아남은 자들은 전부다 강하다.

누구 하나 약한 무인이 없었다.

그것은 사내건, 여인이건 마찬가지였다.

최초 정마대전 발발 당시, 구양가는 세가의 대문을 박차고 나왔다. 그것은 분명히 포착됐다.

하지만 어느 때를 기점으로 연기처럼 사라졌다. 그리고 지금까지 그 모습을 드러내지 않고 있었다.

그런 그들이 지금 나타났다는 것은?

이렇게 말하면 어이없을 테지만 어쩌면 이제 전초전이 끝난 것과 다름이 없었다. 정마대전의 진짜는 구양가의 무력이니 말이다.

그리고 구양가를 막기 위해 남궁가의 주력, 그리고 제갈세가의 주력이 요녕의 처절한 전투에도 참여하지 않고 그 힘을 비축하고 있었다.

무린은 생각했다.

'남궁세가가 패배할 확률은?

모르겠다.

이건 승산을 내릴 수가 없었다.

창궁대가 빠졌다고 해도 아직 남궁세가에는 철검대와 창천대가 있다. 더불어 천하각지에서 모인 남궁세가 출신들의 무인이 있다.

그리고 장로전의 무인들도 있고, 전대의 검왕인 남궁무원의 존재 또한 건재하다. 천하제일가가 괜히 천하제일가가 아니란 소리다.

그러나 구양가도 무시할 수 없는 게 나온 구성원 전부가 아마 절정을 넘은, 무시무시한 무인들일 확률이 높기 때문이다.

비천대에 절정의 무인이 고작 열을 조금 넘긴다는 것을 생각하면 구양세가의 전력은 그야말로 악마적인 파괴력을 가지고 있다고 봐도 무방하다.

남궁세가가 무너지면?

정마대전의 전황은 급속도로 기울 것이다.

결코 회복불가의 지경으로 말이다.

"사천은?"

"만독문은 패퇴했습니다. 지금은 포달랍궁과의 일전을 준비 중이라 합니다."

"당가의 저력은 대단하군."

무린은 고개를 끄덕였다.

지금 이 순간 무린의 머릿속으로 여러 가지 생각들이 스쳐지나갔다. 행동해야 하기 때문이다.

역시 하늘은 무린이 쉬는 꼴을 보기 싫었나 보다. 이곳에서 벽을 뚫고 나가려고 했더니만 그럴 상황 자체를 막아버렸다.

"본가의 금검수 전원이 현재 남하 중이란 정보도 있었습니다."

"그렇겠지. 마도일가를 대비하기 위해 제갈세가는 여태 움직이지 않았으니. 제갈세가의 지휘는 누구지?"

"일 장로님이십니다."

"스승님이 직접?"

무린은 놀라 되물었다.

그러자 제영대원은 망설임 없이 고개를 끄덕였다. 참이라는 뜻이었다. 그리고 무린의 인상이 절로 찌푸려진 건 당연했다.

후우…….

가야 할 이유가 하나 더 늘었다.

'스승님은 남궁세가가 패배할 것이라 생각하신건가?'

그게 아니면 일장로인, 문야인 스승님이 직접 움직일 리 없다고 생각한 무린이다.

무린은 남궁세가가 무너지는 걸 두고 볼 수 없었다.

인정받지 못하고, 스스로도 인정하지는 않는 본가라서?

아니다.

그곳의 딱 두 사람 때문이었다.

중천.

그의 형님과.

호연화.

어머니 때문이었다.

무린의 궁극적인 목표가 뭔가.

바로 어머니를 되모시는 것이다.

그런데 그런 어머니가 계신 곳에 위협이 닥쳐오고 있다. 그러니 심장이 심화가 더욱 더 거세지고 있었다.

　남궁세가가 무너지면 어머니와 형님의 안위를 장담할 수가 없다. 어머니는 몰라도 중천은 분명히 전투에 참여할 터.

　결코 안전을 장담할 수가 없었다.

　무조건 가야 했다.

　"비천대의 소식은 혹시 모르나?"

　"들어온 정보는 없습니다."

　"그럼. 그럼 북풍상단을 통해 비천대에게 서신을 전달해줬으면 하는데."

　"맡겨주십시오."

　무린은 지체 없이 서신을 작성했다.

　서신은 간단했다.

　남궁세가로 와라.

　이게 전부였다.

　기다렸다가 같이 가면 좋겠지만, 그럴 여유가 없었다. 이 시간에도 아마 치열한 전투가 벌어지고 있을지도 몰랐다.

　한시 바삐, 남궁세가로 갈 생각인 무린이었다.

　"월이와 려 아가씨에게는 내 말해둘 테니 본가로 모셔라."

　"알겠습니다. 그럼."

　제영대원이 다시 바람처럼 사라졌다.

　끽! 하고 문이 열리자 앞에 서 있던 무월과 려가 고개를 쏙

내밀었다. 무린이 고개를 끄덕이자 둘은 들어와서 무린의 앞에 앉았다.

무린은 길게 끌지 않았다.

"구양세가가 종적을 나타냈습니다. 장소는 안휘성. 지금쯤이면 남궁세가와 부딪치고 있을 겁니다."

"구양세가가……."

"……."

려는 떨리는 목소리를 감추지 못했고, 무월의 얼굴은 순식간에 창백해졌다. 서당 개 삼 년이면 풍월을 읊는다고. 무월도 마도일가의 무서움은 충분히 알고 있었다.

"려 아가씨는 월이와 함께 본가로 돌아가십시오."

"네? 하, 하지만……."

"안 됩니다!"

무린은 단호하게 끊었다.

무린이 이제 가려고 하는 곳은 전장이다. 북방의 전장보다 치열하기를 결코 비교할 수 없는 곳이다.

더욱이 지금은 비천대도 없는 상황이다.

무린 혼자서는 둘의 안전을 절대 지킬 수 없었다. 그러니 허락 불가. 결코 따라오는 건 용납할 수 없었다.

단호한 무린의 말에 려의 눈동자에 순식간에 눈물이 찼다.

"아직… 전부 낫지도 않으셨잖아요……."

"......"

눈물과 함께 나온 말은 무린의 말문을 턱! 하고 막아버렸다. 맞는 말이었고, 려의 심정이 절실히 와 닿았기 때문이다.

다 낫지 않았다.

그러나 이놈에 운명은 나을 때까지 기다려 주질 않았다. 지금 이 순간에도⋯ 어쩌면, 어머니에게 위협이 닥쳐오고 있을지도 모른다는 생각 때문이었다.

"같이 가요⋯ 네?"

려가 다시 한 번 간절한 목소리로 말했다.

"안 됩니다. 본가로 가 계십시오."

"아아⋯⋯."

귀찮아서가 아니다.

이 모든 건 려를 위해서였다.

그녀의 마음은 잘 안다.

그런데 무린은 오히려 너무 잘 알아 미안했다.

자신의 마음속에도 려가 있다. 그건 확실했다. 그러나 공과 사는 확실하게 구분해야 하는 법.

목숨을 장담할 수 없는 곳에 려와 무월을 데려가는 건 그야말로 미친 짓이었다.

무린은 날이 깨진 철창을 손에 쥐었다.

맨몸으로 왔으니, 챙길 것도 없었다.

밖으로 나오니 무린이 치료를 받았다던 마루 위에 연정과 정심이 가만히 앉아 있었다. 아마 다 들렸을 것이다.

무린은 그 앞으로 갔다.

"지금 떠나게 됐습니다. 제 생을 구해주신 은혜… 잊지 않겠습니다. 정말 감사합니다."

"후후, 아니야. 의원이 의술을 펼친 건데 그게 왜 은혜가 되겠나."

"아닙니다. 은혜라 생각합니다. 절대… 잊지 않겠습니다."

"후우… 그럼 부탁 하나만 들어주게."

"말씀하십시오. 어떤 부탁이든 가능만 하다면 전부 들어드리겠습니다."

고개를 살짝 숙이고 무린은 대답했다.

이 말은 진심이었다.

자신의 생명을 구해준 연정, 부탁이 들어줄 수 있는 것이라면 전부 들어줄 생각이었다.

"내 제자를 데려가게."

"예……?"

무린은 고개를 번쩍 들었다.

너무나 의외의 말이었기 때문이다.

그리고 좀 전에 려와 무월의 동행을 막았다. 그런데 정심과의 동행? 당연히 허락할 수 없었다.

"죄송하지만 지금 제가 가려는 곳은……."

"이 아이도 자네와 같은 아일세."

무린은 거절하려고 했다.

들어줄 수 있는 부탁이 아니었기 때문이다. 그러나 칼같이 자르고 들어온 연정의 말에 무린은 말을 멈추고 다시 되물어야 했다.

"예? 그게 무슨 말씀이신지……."

"자네와 같은 운명을 타고 났다는 뜻이야. 소향. 아니, 정확히는 한명운 그분이 점찍은 아이지."

"……."

또 나왔다.

문성 한명운의 이름.

"그리고 광검과 연이 깊게 닿은 아이고."

"……."

광검 위석호.

자신을 여기까지 데리고 온 은인.

물론 소향의 부탁이었다는 말은 전해 들었다. 그러나 은을 입었다는 사실에는 조금의 변함도 없었다.

"여태 내가 이 아이에게 의술을 가르쳤지만, 이제는 실전을 쌓아야 할 때지. 때가 됐어. 남궁세가로 이 아이를 데려다 주게. 그 다음은 이 아이가 알아서 할 거야."

"……."

무린은 대답 대신, 정심을 바라봤다.

어느새 일어나 연정의 옆에 가지런한 자세로 서 있는 정심의 얼굴에는 굳은 의지가 있었다. 그러나 동공만 이리저리 흔들리고 있었다.

뭔지 알 것 같았다.

이별의 슬픔.

그걸 느끼고 있는 것 같았다.

하아…….

문성 한명운.

무린은 물었다.

"의원님께서도 마녀의 존재를 알고 계십니까?"

"알다마다. 한명운 선생이 직접 와서 얘기를 해주고 갔으니. 구파만 마녀의 환란에 대비하는 건 아니야. 배화교가 그렇듯, 하북의 석가장도 준비를 하고 있지. 그 외에도 많아. 검문도 그중 하나고. 우리 검문이 마녀와 대적할 패로 키운 것은 바로 나. 의선녀와 검문의 역사이자 그 자체라 할 수 있는 검후. 이렇게 두 존재뿐이지."

"그렇습니까…….."

마녀의 환란.

전 중원의 힘을 모은다 한들 막을 수 있을까?

어둠. 그 자체인 마녀를?

"아, 선착장에 도착하면 소검후. 그 아이도 있을 거야. 같이 데려가게."

"…알겠습니다."

소검후 이옥상.

그녀까지 나간다.

어쩌면 검문의 주력이라고 부를 수 있는 둘이다. 불현듯 마녀의 말이 떠올랐다.

"마녀는 개입을 용납지 않았습니다. 소검후와 소선녀의 개입은 자칫 화를 불러일으킬지도 모릅니다."

무린의 말도 일리가 있었다.

예전, 소향이 개입했을 때 마녀가 경고했었다.

약속의 때까지. 개입은 용납지 않을 것이라고.

그럼 검문의 개입도 용납지 못하는 게 된다.

무린은 그 점을 짚은 것이다.

그러나 연정은 고개를 저었다.

"괜찮을 게야. 무슨 생각인지… 마녀의 세력도 조금이지만 이 전쟁에 가담한 것 같으니."

"……"

마녀의 세력이 개입했다고?

약속과 다른…….

피식.

그래, 약속이야 깨지라고 있는 것을.

황보악에게 들어보니 그 금발의 거구였던 무인도 개입한 적이 있다고 했다. 마녀는 지 멋대로인 것이다.

애초에 믿으면 안 되는 존재.

"알겠습니다."

그렇게 대답을 한 무린은 정심을 바라봤다.

"저는 준비가 끝났어요."

마루에 있던 봇짐을 어깨에 메며 정심이 말하자 무린은 말 없이 고개를 끄덕였다. 다시 연정을 바라본 무린은 깊게 고개를 숙였다.

"정심 소저는 반드시 제가 지키겠습니다."

"후후, 부탁하네. 그만 가보게. 항주로 갈 배는 이미 선착 장에 도착해 있을 걸세."

"……."

알고 있었던가.

검문의 정보력도 정보력이지만, 연정의 혜안도 굉장히 깊 었다. 무린의 행동을 예측했으니 말이다.

"가시지요."

"네……."

무린은 바로 등을 돌렸다.

그리고 소로를 따라 걸었다. 어느새 점이 되었을 때쯤 려가 뛰쳐나왔다. 그리고 소리쳤다.

"꼭 무사히 다시 뵈어요……!"

내력이 없어 울리지는 못했지만, 그게 오히려 더욱 심금을 울렸다. 애절한 마음이 가득 차 있는 외침에 무린이 우뚝 멈췄다가, 다시 걸었다.

무월은 그저 주저앉아 있었다.

누군가를 위로할 기력, 현재 무월에게는 없었다. 그저, 혼란스럽고, 또 혼란스러울 뿐이었다. 연정은 그런 모습들을 보며 한숨을 내쉬었다.

"후우… 오늘은 왜 이리 눈이 아프나……."

제자를 전장으로 떠나보내는 연정의 얼굴도 깊은 수심이 가득했다. 담담하게 정심을 떠나보냈지만 실제로는 그게 아니었던 것이다. 전장의 참혹함을 이제 두 눈으로 겪고, 아파해야 할 제자가 너무 걱정되는 것이다.

그러나 어쩔 수 없이 보내야 했다.

언제까지 품에 안고 있을 수가 없기 때문이다. 환란에 대비해, 제자는 강하게 커주어야 했다. 그래서 무린과 함께 보낸 것이다.

갑작스럽기만 한 오늘 하루.

예정에 없던 이별이었기에 떠나는 사람도, 남는 사람도 그저 돌덩이를 가슴에 올린 것처럼 먹먹할 뿐이었다.

그러나 모두가 알고 있듯이 예고도 없이 불쑥 찾아오는 무례함. 이게 바로 운명이라는 놈이었다.

第百二十二章 필사의 탈출(必死─脱出)

일단의 무리가 어두운 밤임에도 사력을 다해 달리고 있었다. 물경 백이 조금 넘는 인원으로 보아 소수의 기병대.

비천대였다.

"힘내라! 조금만 더 가면 곧 혼춘이다!"

"대열을 유지해! 낙오되면 그 다음은 죽음이다! 필사적으로 따라붙어!"

두드드드드!

대지를 진동하는 말발굽 소리가 사해를 찢어발기고 현재 비천대의 상황이 얼마나 급박한지를 여지없이 보여주고 있었다.

"붉은 실! 앞에 적입니다! 관 조장님! 장 조장님!"

"네! 군사!"

"군사! 명령을!"

관도 옆, 나무 끝에 매달린 붉은 실을 찰나지간 발견한 무혜의 외침에 옆에서 나란히 달리고 있던 관평과 장팔이 발을 더욱 앞으로 당겼다.

"삼십 기를 끌고 먼저 치세요!"

"네! 따라와라!"

무혜의 명령에 관평이 대답하고 고삐를 더욱 잡아채자 그의 전마가 쭉쭉 내달리기 시작했다.

관도를 다시 타고 달린지 한시진이나 지났지만 비천대의 전마는 아직도 체력이 남았는지 거침없이 쭉쭉 나오기 시작했다.

순식간에 남궁유청의 전마이자 무혜가 타고 있는 말의 옆으로 태산, 윤복을 포함한 조장들이 쉭쉭 지나가기 시작했다.

정확히 삼십.

"백면 대주님! 저희는 뒤에서 급습합니다! 조금 속도를 늦춰야겠어요!"

"그러지."

무혜의 외침은 바람소리에 거의 들리지도 않았지만 바로

옆에서 달리고 있던 백면의 귀에는 아무런 무리도 없이 정확히 전달됐고, 그 명령에 백면은 손을 살짝 들었다. 뒤에서 추격해오는 북원군이 있긴 하지만 아직은 시간적 여유가 있다고 군사가 판단했고, 군사의 판단은 틀린 적이 없으므로 백면은 받아 들였다.

"속도를 조금 늦춘다!"

"대열 맞춰!"

백면의 손짓에 제종과 마예가 짧고 굵게 소리쳤다. 작지만 그 둘의 외침은 바람을 가르고 비천대원들의 귀에 쏙쏙 박혔다.

속도를 좀 늦춰서 달리기를 반각.

챙! 차앙! 병장기 부딪치는 소리가 희미하게 들려오기 시작했다. 이미 먼저 앞서 나간 관평과 장팔이 교전을 벌이는 소리가 분명했다.

"백 대주님!"

무혜가 뾰족한 목소리로 소리쳤다.

그에 백면의 가면 속 입술이 말려 올라갔다.

"알고 있소! 군사!"

번쩍!

백면의 패검이 하늘 높이 올라가자, 이번에도 제종, 마예가 곧바로 반응했다.

"가자! 단번에 뚫는다!"

"난전은 없다! 속도를 줄이지 마라!"

"네!"

두드드드드!

잠시 줄였던 질주 속도가 다시금 올라갔다.

제종과 마예가 앞서 달리기 시작하자 비천대 전원이 그에 발맞추어 달리기 시작했다. 그러면서 자연스럽게 가장 선두에 있던 백면과 남궁유청을 둘러쌌다. 그건 마치 보호하는 모양새였다.

천하의 백면과 남궁유청을 보호한다?

평소라면 어림도 없는 일이지만 지금은 그럴 수밖에 없었다. 남궁유청의 뒤에 타고 있는 무혜와, 백면의 뒤에 매달려 있는 단문영 때문이었다.

원래 단문영은 혼자 말을 탔다.

그러나 그건 탈출계를 시작하고 삼 일까지였다.

이틀째, 비천대는 적과 조우했다.

무려 천에 가까운 기병대였다.

다행히 정면으로 마주친 것은 아니지만 뒤에서 잡히는 바람에 사력을 다해 도망쳤다. 그러다가 설상가상 북원의 매복에도 걸렸다.

창병을 앞세운 매복에 비천대는 교전을 피할 수 없는 길에 빠졌다.

그때 관도의 옆으로 빠지는 군사의 순간적인 기지로 피해 가긴 했지만 그렇게 되면서 뒤에 있던 북원의 기병이 비천대의 앞으로 나와 버리고 말았다.

결국은 정면에서 조우.

그러나 교전은 없었다.

단문영이 가지고 있던 모든 독을 푼 것이다. 기절, 복통, 가려움을 유발하는 독 아닌 독 때문에 기병대는 순식간에 혼란에 빠졌다.

그러나 하독한 단문영도 무사하지 못했다.

풍향도 좋지 못해 잘못하면 아군을 덮칠 수도 있는 상황. 그래서 그 모든 것을 상단의 정신력으로 통제하던 단문영이 기절한 것이다.

제아무리 상단의, 불가해의 무공을 다루는 단문영이라도 한계는 명백하게 존재하는 것이다. 그때 길림성에서처럼 풍향이 도움을 좋지 못하는 상황이라 단문영이 받은 피해는 더욱 심각했다.

정신력의 고갈이 아닌, 심령 자체에 타격을 입은 것이다. 마치 사기그릇에 금이 가는 것처럼 말이다.

그 후, 지금 며칠이 지나도록 단문영은 의식을 차리지 못하고 있었다. 명백한 내상의 후유증이었다.

그래서 지금 비천대에서 가장 강한 백면이 자신의 몸에 아예 묶어서 이동하고 있었다. 비천대 조장들은 안다.

아니, 무혜만 빼고. 전부다 안다.

단문영과 무린의 관계를.

둘 중 하나가 죽으면 다른 한쪽도 죽는 비익공으로 묶여진 관계. 단문영은 반드시 살려야 하는 존재였다.

그래서 가장 무력이 강한 백면이 보호하고 있었다.

전술도 마찬가지.

무혜와 단문영을 추행진의 중심으로 넣고 뚫었다. 가장 강한 남궁유청, 백면이 중앙에 위치하는 것은 파괴력을 포기하는 일이지만 그래도 비천대의 관통력은 여전히 강력했다. 정예가 아닌 북원병 따위는 그저 종잇장처럼 찢어버릴 뿐이었다.

"흐압!"

퍽!

난전에 빠져 정신을 못 차리고 있던 북원의 기병 하나를 제종이 그대로 후려쳤다. 산산조각이란 말을 넘어 아예 박처럼 터져 버렸다.

신력에 그 신력을 뛰어넘는 내력이 합쳐진 결과였다.

퍼벅!

퍼버버벅!

순식간에 접근해서, 비천대가 난전 중이던 무리 한 복판을 관통했다.

아군이야 이미 눈에 익을 대로 익었고, 이미 비천대는 후진이 오고 있다는 걸 알고 있었기 때문에 들이닥치는 그 순간 명령을 내려 난전의 중심에서 벗어난 상태였다.

무방비 상태.

그런 상황에서 비천대의 습격은 북원의 병사들에게는 그야말로 재앙 그 자체에 가까웠다. 순식간에 비천대가 북원군을 뚫고 사라졌다.

관평과 장팔이 이끌던 삼십기의 비천대도 그 후미로 곧바로 따라붙었다.

찰나지간, 정말 순식간에 벌어진 일이었다.

비천대였기에 가능한 전술이고, 전투였다.

허망하게 깨진 북원군은 그 자리서 움직이지를 못했다. 이유? 말했듯이 이들이 정예가 아니기 때문이다. 병력이 여유롭지 못하니 기병으로만 천라지망을 형성할 수 없는 노릇이다.

거기에 정예는 대부분 요녕에 집중된 상태.

이쪽 후방의 병력 질이야 당연히 떨어진다.

즉, 잘만 공격하면 맛 좋은 먹이에 불과할 뿐이다. 그럼에도 비천대가 도망친 이유는 우챠이와 그의 친위대 때문이다.

교전이 일어나면 결국 위치는 노출된다.

그럼 우챠이와 그의 친위대는 분명 비천대를 찾게 될 것이고, 조우 즉시 이유불문, 문답무용으로 격돌할 것이다.

군사의 생각도 그렇지만 비천대가 질 거라 생각하지는 않았다. 양측의 전력이야 백중세이기 때문이다.

하지만 압승으로 잡을 수 있는 확률이 없었다.

길림성에서 보여줬던 단문영의 칠보단혼독이라도 있었으면 모르겠지만 아쉽게도 그 독은 그곳에서 전부 써버렸다.

남은 것도 계속해서 도망치던 와중에 전부 써버렸다.

즉, 기습의 묘를 살릴 방법이 없기 때문에 붙는 즉시 정면대결인데. 이 정면대결은 어디가 이겨도 양패구상이다.

그래서 비천대가 도주만 하고 있는 것이다.

하지만 이제는 그것도 힘들다.

이미 늦었다.

너무 늦은 상황이다.

북풍상단의 상선은 도착했겠지만, 이 정도 되면 이 천라지망을 지휘하는 북원의 지휘관도 눈치 챘을 것이다.

결국 지금 너무나 티 나게 움직였기 때문이다.

아니, 애초에 삼사 일이면 빠져나갈 거리를 일주일이 넘도록 못 빠져나간 게 이미 들켰다는 걸 의미한다.

저 앞에서 외침이 들렸다.

"앞에 혼춘입니다!"

"그대로 우측 관도로 빠져나간다!"

"네!"

척후는 이제 의미가 없기 때문에 김연호와 연경이 다시 가장 선두에 섰다. 눈이 밝고, 상황 판단력이 좋은 녀석이라 선두로서 가장 적합했다.

물론 무력도 당연지사, 나이는 가장 어린 축에 속하지만 무력은 상위권인 두 사람이었다.

쉭. 쉭.

인기척조차 느껴지지 않는 혼춘현의 옆을 비천대가 바람처럼 내달렸다. 혼춘까지 왔다는 것은 이제 거의 다 왔다는 뜻.

조금만 더 가면 된다.

"반 시진! 그 안에 도착한다!"

"대열 유지해라! 낙오하면 끝장이라는 것 명심해!"

제종과 마예가 계속해서 독려를 했다.

사람의 긴장감은 한번 느슨해지기 시작하면, 걷잡을 수 없을 정도로 풀리게 마련이다.

지금도 거의 며칠 째 끈적한 긴장을 유지했던 상황.

혼춘을 지났다고 '됐다. 이제 다 끝났어!' 이렇게 마음을 놓는 순간 기습이라도 당한다면? 느슨해진 긴장감은 대응을 하는데 방해를 할 것이고, 결국 목숨이라는 것과 곧바로 직결될 수도 있었다.

제종과 마예의 독려는 그런 상황이 나오는 걸 막기 위해서였다. 그렇게 뒤도 안 돌아보고 달리기를 반 시진.

"어? 으음……."

백면이 침음을 흘렸다.

그가 침음을 흘렸다는 것은 분명 무언인가를 느꼈다는 뜻. 무혜는 달리던 와중에도 그걸 제대로 들었다.

"허허, 이거 참……. 기다리고 있었군."

허탈한 웃음을 흘렸다가, 이내 날카롭게 변한 남궁유청의 말에 무혜는 깨달았다. 적이 전방에 있다는 것을.

그것도 백면과 남궁유청을 긴장시킬 정도의 적.

길림성에 그런 북원의 군세는 딱 하나뿐이다.

소전신 우챠이와 그의 친위대.

얼마 지나지 않아 멈추어서 있는 김연호와 연경이 보였다.

그리고 역시, 그들의 앞으로 일단의 무리가 보였다. 가장 선두에 선 자는, 절대로 잊을 수 없는 자였다.

우챠이.

비천객을 상대로 승리한 저 거친 초원의 전사.

불굴의 투지로 상대를 잡어 먹는 거대한 늑대.

그가 비릿한 웃음과 함께 서 있었다.

"아아… 이제 조금만 더 가면 되는데……."

무혜의 입에서 탄식과 함께 나온 말이었다.

그렇게 우챠이와 그의 친위대를 피하려고 했는데, 결국 이렇게 마지막 순간에 꼬리를 잡혀 버렸다.

아니, 꼬리가 아니라 정면으로 잡혀버렸다.

이미 혼춘의 밑으로 들어섰기에 지형상 도망칠 길이 없다.

천리안이라면 분명히 조선의 경계에도 병력을 배치했을 것이기 때문이다.

그렇다고 다시 돌아갈 수도 없다. 후미에서도 기병대가 쫓아오고 있었다.

그럼 그냥 우회는?

그곳은 바다였다.

약속된 지점이 아니었다.

북풍상단의 상선이 오는 곳은 조선과 길림성의 경계선 중 바다에 딱 닿은 부분이다. 그래야 북풍상단의 상선이 혹시 모를 공격에 조선으로 도망칠 수 있기 때문이다. 제아무리 북원군이라 해도 조선은 침략하지 못하니까 말이다.

결국은 전부 다 막혔다는 소리.

모든 노력이 마지막에 가서 깨져버린 순간이었다.

"드디어, 드디어 잡았구나. 크흐흐흐!"

정말 기쁜지, 얼굴에 함지박만 한 살소(殺笑)를 달고 나온 말이었다. 기쁨과 살소는 결코 어울리지 않지만 우챠이에게는 어울렸다.

때국물이 줄줄 흐르는 그 얼굴과 너무 잘 어울렸다.

"네년이구나. 비천객의 동생이."

그 다음엔 남궁유청쪽을 바라보며 말했다.

정확히는 남궁유청의 뒤에 타고 있는 무혜를 향해서 한 말이었다. 무혜는 그 말에 대답하지 않았다.

"네년 때문에 온 길림을 이 잡듯이 뒤지고 다녔지. 그리고 길림성에서의 화끈한 선물. 아주 고맙게 생각하고 있다……. 정말 죽을 뻔했지. 바닥이 뒤집히고 그 위를 내 전마가 덮어주지 않았으면 꼼짝없이 죽을 뻔했어… 크흐흐."

제아무리 우챠이라도 그 정도의 폭발에서 화상 하나 없을 리가 없었다. 하지만 지금 들으니 그건 우챠이에게도 천운이 따랐던 것 같았다.

"안타깝네요. 당신은 반드시 죽어주길 바랐는데."

"크흐흐. 그랬나? 미안해서 어쩌나? 나는 이렇게 여기 있는데… 답례로, 네년에게 지옥을 맛보여 주마……."

"저도 미안하지만, 지옥은 당신이 봐야 할 거예요."

"크하하! 그래, 그래야지! 그래야 이 우챠이를 죽음으로 몰아넣는데 성공한 유일한 계집이지! 크크크크!"

우챠이의 미소와 광소는 정말로 유쾌했다. 동시에 살심이
넘쳤다.

사람을 죽이는 데 얻는 즐거움을 느끼는 부류. 우챠이가 그
랬고, 그는 그걸 하나도 숨기지 않았다.

부스럭.

그때 백면이 움직였다.

허리를 꽉 졸라 맨 매듭을 풀고는 장팔을 바라봤다.

"단 소저를 부탁하지."

"걱정 마시오."

장팔이 백면에게 다가가 축 늘어진 단문영을 받았다. 그리
고 자신의 뒤에 태우고는 백면에게 건네받은 끈으로 단문영
을 자신의 몸에 꽉 맸다.

그에 우챠이의 시선이 단문영에게 건너갔다.

"독문의 계집이 그년이구나. 푸흐흐!"

"고생 좀 했나?"

"그럼, 고생 좀 했지. 덕분에 좋은 경험도 했고. 크하하!"

예전 단문영이 한 번 우챠이와 그의 친위대에게 독을 푼
적이 있었다. 이질을 유발하는 독으로, 무색무취의 독이었
다.

아마 그 일대는 썩은 구린내가 몇 날 며칠 동안 진동했을

것이다.

스르릉.

백면이 검을 빼들었다.

그사이에 남궁유청도 무혜를 관평에게 넘겼다.

"기회는 한 번뿐이에요."

잠시 소란이 이는 순간 거의 귓속말 소리에 가깝게 나온 무혜의 말에 모두의 눈이 살짝 빛났지만 그 기세는 금방 사라졌다.

괜히 적에게 경각심을 줄 필요는 없기 때문이다.

"그때 겨뤄보고 싶었지."

"가면? 뭐가 그리 떳떳치 못해 가면을 쓰고 다니시나?"

"상징일 뿐."

다다다다!

대답과 동시에 백면의 전마가 거칠게 내달리기 시작했다. 순간적인 기습이나 거리는 충분히 있었기에 얼마 지나지 않아 우챠이도 마주 튀어나오기 시작했다.

두드드드드!

그리고 그 순간 비천대가 일제히 움직였다.

마치 날개처럼 순간적으로 좌, 우로 퍼지기 시작했다. 그에 우챠이의 친위대도 마찬가지로 움직였다.

즉시 반으로 쪼개져 갈라지는 비천대를 향해 쇄도하기 시작했다.

"흐읍!"

중앙에서는 백면과 우챠이가 맞붙었다.

거력.

패도.

둘 다 지극히 때려 부수는 쪽에 특화된 특성을 지녔기 때문에 아직 거리도 상당했지만 둘에게서 느껴지는 기세는 무시무시했다.

하늘이라도 쪼개고 찢어버릴 기세였다.

시꺼먼 기류가 백면의 검을 감싸고돌기 시작할 때, 우챠이의 대부에서도 붉은 아지랑이가 피어올랐다.

지잉!

"크아아아!"

우챠이가 흉포한 기세와 함께 대부를 무지막지한 속도로 휘둘렀다. 그에 백면도 마주 검을 휘둘렀다.

거력과 패도.

쩌엉……!

맞붙는 즉시 둘의 무기가 튕겨 나갔다.

그리고 동시에 스쳐 지나갔다.

"지금!"

우챠이와 지나치는 즉시 백면이 소리쳤다. 그러자 그 소리에 맞추어 서로 반대방향으로 내달리던 비천대가 기수를 급속도로 틀었다.

다시 송곳처럼 모이기 시작한 것이다.

"막아!"

우챠이도 기수를 돌리고는 곧바로 소리쳤다.

하지만 이미 우챠이가 소리치기 전 친위대도 기수를 다시 안으로 꺾었다. 그러나 늦은 감이 있었다.

뭐든지, 먼저 행동하는 사람이 빠르기 마련이다. 그에 맞추어 반응하는 상대는 당연히 한 박자 늦게 되어 있다.

이는, 무혜가 친위대와 만날 시 피해 없이 적을 돌파하기 위한 마지막 전술이었다. 아무런 대비도 안 하고 그저 안 만나길 빌기만 했던 게 아니었단 소리다.

"모여! 안으로 모여!"

"대열 유지해라! 각 줄 외각은 조심해라!"

순식간에 다시 모여들기 시작하는 비천대에게 친위대도 급격히 기수를 틀었지만 말했듯이, 늦은 감이 있었다.

한 박자는 엄청난 차이가 되어버렸다.

속도 때문이었다.

"더 빨리! 빨리!"

"안쪽으로 파고들어라! 악착같이 달려!"

양쪽의 지휘관이라 할 수 있는 제종과 마예의 악에 받친 외침에 비천대는 이를 악물고 고삐를 잡아챘다.

"달리라고! 이대로는 늦는다!"

불규칙한 바닥 탓에 우측의 전열이 흐트러지고 있었다.

"흡!"

그에 그쪽에 있던 남궁유청이 검을 빼들고 상체만 뒤틀었다. 목표는 이제 거의 우측조의 중후미를 때려 박으려고 하는 친위대.

"차앗!"

호흡을 끊는 기합과 함께 남궁유청의 검이 벼락처럼 그어졌다.

촤라라락!

그물처럼 촘촘한 푸른 줄기가 흙바닥을 죄다 파헤치며 날아갔다. 그러자 흡! 하고 가장 선두의 친위대가 남궁유청의 검기를 창으로 후려쳤다.

분명하게 보이는 붉은 아지랑이.

역시 친위대였다.

쩡!

"칵!"

그러나 내력의 차이는 확실했다.

호흡 끊어지는 비명과 함께 그 친위병은 그대로 뒤로 날아갔다. 같은 절정이기는 하지만, 그 차이는 너무나 확연하게

나고 있었다.

"합!"

그러나 남궁유청의 공격은 더 남아 있었다.

겨우 한 번 뿌리고 지칠 창천유검이 아니었다.

좌라락!

창궁무애검의 초식을 따라, 끝없이 무애한 검기의 나발이
었다. 내력, 명성에 걸맞는 무위. 과연 창천유검이었다.

그의 검은 친위대 여섯의 몸뚱이를 전마 째 찢어버렸다. 그
물에 걸렸기에, 사지육신이 다섯, 여섯 갈래로 나눠 찢어졌
다.

"크아악!"

그에 뒤에서 봤는지, 우챠이의 분노에 찬 외침이 들렸다.

땡!

땡!

동시에 남궁유청이 급히 상체를 반대쪽으로 뒤틀었다.

달려오던 우챠이가 대부를 그대로 던진 것이다.

슈아아악!

마치 빛살처럼 쏘아진 대부가 무시무시하다 못해 지독한
기세로 남궁유청의 등짝을 노리고 날아왔다.

"흡!"

쩡……!

그에 남궁유청은 신형을 뒤튼 채로 벼락처럼 검을 휘둘렀다.

대부의 궤도만 겨우 빗겨냈기에 우챠이의 대부는 그대로 남궁유청의 볼을 스치고 날아갔다. 하지만 동시에 그 어마어마한 괴력에 의해 남궁유청의 신형이 허공에 붕 떴다.

불가항력이었다.

"노사님!"

"달리게! 나는 신경 쓰지 말고 빠져나가!"

공중에 체공하는 순간에도 남궁유청은 그렇게 외치고, 몸을 뒤틀었다. 어떻게든 중심을 잡기 위해서였다.

크윽!

쩡!

그 순간 다가온 친위대가 창을 내질렀고, 남궁유청은 겨우 잡은 중심에서 다시 검을 휘둘러 그 일격도 막았다.

팍!

파바바박!

그러나 다시 중심은 흐트러졌고, 남궁유청은 그대로 지면을 구르기 시작했다.

두드드드!

"노사! 손을!"

가장 뒤에 있던 백면이 기수를 틀어 달려왔다.

"안 되네! 나는 신경 쓰지 말고 나가게!"

일어난 남궁유청이 소리쳤다.

그러자 백면의 가면 속 가득 홍광이 찼다.

"개소리! 동료를 두고 가는 법 따위! 나는 배우지 못했소!"

"어서!"

"잔말 말고 손이나 뻗으시오!"

"크윽!"

두드드드드드!

촤라락!

노사!

그 순간 다시 중앙으로 모인 비천대가 친위대를 완전히 스쳐 지나갔다. 무혜의 전술이 먹힌 것이다.

그러나 완벽하게 나간 게 아니었다.

아직 백면과 남궁유청이 빠져나가지 못한 것이다.

"손을!"

"큭!"

남궁유청이 번개처럼 신형을 날렸다.

그러자 백면이 그 손을 아슬아슬하게 잡고, 뒤로 당겼다. 그에 남궁유청의 신형이 주욱 뒤로 딸려왔고, 그 상태에서 남궁유청은 다시 발을 박차 신형을 틀어 말 백면의 뒤에 안착했다.

"노사는 왼쪽을!"

"알았네!"

파가가가각!

촤라라락!

순식간에 집중, 다시 뻗어낸 백면과 남궁유청의 검기가 친위대의 꼬리를 후려쳤다. 그에 일곱이나 되는 친위대가 낙마하며 바닥을 굴렀다.

골 때리는 추격전이 만들어졌다.

선두는 비천대. 다음은 친위대. 그 뒤가 백면과 남궁유청. 마지막이 무시무시한 얼굴의 우챠이.

거리는 거의 없는 정도. 다만, 비천대가 가속을 받아 점차 속도를 올리기 시작했다.

전마의 능력은 거의 대등.

친위대도 곧바로 탄력을 받아 비천대 후미를 쫓기 시작했다.

쫓고 쫓기는, 물고 물리는 상황의 성립이었다.

"흐읍!"

백면이 다시금 이를 악물고 검을 들어 올렸다.

그리고 벼락처럼 촤락! 휘둘러졌다.

지면을 긁어내고 아귀처럼 쏘아져나간 흑빛의 검기가 다시금 친위대 둘을 전마와 함께 찢어 발겼다.

크아아아!

흉성 가득한 괴성이 들리고 뒤쪽에서 지독한 기세가 느껴졌다.

"노사!"

"차앗!"

백면의 외침에 화답하듯 남궁유청이 기합을 가득 넣고 상체를 뒤틀었다. 그리고 청강장검을 고고한 기세로 내려쳤다.

촤라라락!

푸른 그물망이 형성되고, 흉악한 기세로 쏘아져오는 우챠이의 붉은 부기를 살포시 마주 안았다.

그그극!

쩌정!

푸르고 붉은 기운들의 대결은 붉은 기운의 승리였다.

작정하고 지른 일격과, 부지불식간 대응하려 날린 일격은 그 질부터 차이가 나기 때문이었다.

다행인 건, 아직도 날아오고 있는 붉은 기운 정도는 남궁유청 정도면 가볍게 해결할 수 있는 정도?

"합!"

쩡!

그대로 전마의 후미까지 다가온 우챠이의 부기를 남궁유청은 깔끔하게 갈라버리는 걸로 처리했다.

크하하하!

흉성의 폭발.

우챠이의 두 눈에서는 지독한 광망이 줄기줄기 흘러나오고 있었다.

마치 무린과 생사결을 펼쳤을 때의 모습이었다.

"큭! 속도가!"

"음……."

백면의 신음에 남궁유청도 침음을 흘렸다.

당연한 일이었다.

건장한 체격의 사내를 둘이나 태우고 있으니, 제아무리 훈련받은 전마라도 제 속도를 낼 수는 없는 법이었다.

게다가 일주일 동안이나 혹사를 당한 상태. 사실 여태껏 달리고 있는 것만으로도 대단한 일이었다.

그러나 그것도 이제 한계가 보이고 있었다.

"기수를 틀게!"

"큭!"

남궁유청의 말에 백면은 망설임 없이 기수를 우측으로 돌렸다.

비천대와 합류할 방법은 애초에 이제 불가능한 상태. 그렇다면 다른 살길을 모색해야 했다.

순식간에 관도에서 빠져 울퉁불퉁한 대지를 박차고 사라

지는 백면과 남궁유청.

"이대로 달리면 조선의 경계일세!"

"절벽이 먼저일 거요!"

"제 한 몸 건사 못하겠나! 하하!"

"하하하!"

그 소리를 들은 것일까?

우챠이가 소리를 내질렀다.

후미는 기수를 돌려 두 놈을 쫓아라!

그 말에 즉시 반응하는 우챠이의 친위대였다.

삼십 가량이 후미에서 떨어져 나오더니, 그대로 백면과 우챠이를 쫓아 달리기 시작했다.

으아아!

짜증 가득한 괴성을 지른 우챠이도 기수를 틀었다.

이미 상당한 차이가 난 비천대를 잡을 수 없다고 판단한 것이다. 그렇다면… 저 두 놈이라도 잡겠다!

그런 의지가 가득했다.

그렇게 이각 정도 달렸을까.

"이런, 이런……."

"크크. 이거, 상당히 높소. 노사."

백면은 말을 멈출 수밖에 없었다.

해안가에 도착하긴 했는데, 하필이면 재수없게도 깎아지

른 몇 십장 높이의 절벽이었기 때문이다.

게다가 호리병처럼 생긴 지형이라, 도망칠 곳도 없었다.

"하필 재수없게 이리 들어왔는가? 허허허."

말에서 풀쩍 뛰어내리며 하는 남궁유청의 말에, 백면도 말에서 내리면서 답했다.

"낸들 알았겠소? 쯔쯔. 미안하게 됐소. 하하."

"저 오는구만."

남궁유청의 목소리는 평안했다.

막다른 절벽에 가로막혀, 이제 죽음이란 놈과 코앞에서 마주쳤는데도 그에게서는 조금의 긴장도, 공포도, 불안도 찾아볼 수 없었다.

"오랜만이군. 이런 상황도."

백면도 마찬가지.

그도 비밀에 쌓여진 과거가 있는 인물.

오히려 지금 이 말은 반가움에 젖은 말이었다.

크르르……

짐승 같은 흉포함에 젖은 우챠이가 모습을 드러냈다.

"쥐새끼를 막다른 골목으로 몰았구나… 크흐흐."

그 말에 백면이 피식 웃었다.

"지랄하는군. 내가 쥐새끼면 너는 벼룩이다."

"벼룩? 그건 칭찬 아닌가? 제 몸보다 몇 십 배나 뛰지 않나.

다른 걸로 하게. 저놈에겐 벼룩도 아깝네."

백면의 말에 남궁유청이 정정을 요청했다.

격장지계였지만, 무린과의 일전처럼 우챠이는 결코 이런 것에 흔들리지 않았다.

크하하하!

"그래, 그렇게 나와야지. 울고불고 매달렸으면 내 마음이 약해질까 얼마나 마음 조렸는데. 크하하!"

우챠이의 두 눈에 다시금 붉은 흉광이 어렸다.

큭.

"베어주마. 짐승아."

동시에 백면의 검에서도 뭉클뭉클, 무저갱의 안개 같은 검은 기류가 형성되기 시작했다. 그리고 그 옆으로 남궁유청이 섰다.

"와 보게나."

까닥, 까닥.

우챠이를 포함한 친위대 전체를 도발하는 남궁유청의 행동에, 크아아! 우챠이와 친위대가 흉성을 내지르고 달려들었다.

쩡!

쩌저정!

쾅!

콰앙……!

목숨을 건 사투가 시작되었다.

第百二十三章 중원행(中原行)

주산에 도착한 무린은 급히 배를 수소문했다. 하지만 안타깝게도 너무 늦게 도착했는지 뭍으로 나가는 배는 없었다.

하는 수 없이 무린은 객잔에 잠시 들를 수밖에 없었다.

"오늘은 여기서 하루 묵고 내일 가겠습니다. 두 분은 여기서 잠시 쉬고 계십시오."

"어디 가시게요?"

"……."

무린은 정심의 물음에 고개를 끄덕였다.

뭍에 나가는 배도 수소문해야 하고, 가능하다면 대장간도 들려야 했다. 이제는 그냥 철봉이 된 철창을 보면서 무린은 하루빨리 철창을 구해야 한다고 생각했다. 그렇다고 막야가 있는 태산까지 가기도 그러니, 될 수 있으면 가는 길에 구해야 했다.

밖으로 나온 무린은 일단 왔던 선착장으로 되돌아갔다.

그곳에서 배주인 몇몇과 얘기 결과, 내일 묘시 반에 항주로 나가는 배를 찾아 예약을 했다.

그리고 주산을 둘러보는 무린.

작지 않은 현이라 늦은 시간임에도 돌아다니는 사람들은 많았다. 게다가 유람을 온 강호인이나 풍류객들 덕분에 특정 구역은 대낮을 연상시킬 정도로 환하게 밝기도 했다.

무린은 그곳을 지나쳐 대장간 하나를 겨우 잡았다.

주변에 몇몇 개 대장간이 있지만 전부 문을 닫았고, 이곳도 정리하는 중이었던지 훈훈한 열기도 식어가고 있었다.

"실례하겠습니다."

"어이쿠, 어서 오십시오."

무린이 인사를 하자 안에서 무린과 비슷한 연배의 사내가 나왔다. 까맣게 그을린 피부와 부푼 팔을 보니 누가 봐도 이 사람은 야장처럼 보였다.

"창을 구하려고 왔습니다."

"창 말씀이십니까? 여기, 이쪽으로 들어오십시오. 무기류는 안에다가 진열해 놓았습니다."

사내의 안내를 따라 안으로 들어가자 검, 도, 창부터 시작
해 갖가지 무기가 진열되어 있었다. 모든 무기들의 특징이라
면 검은 광택이 흐르고 있다는 점이었다.

"주산에서 나는 흑탄으로 만들어서 무기들이 전부 검은 광
을 냅니다. 하하. 주산군도에서 만들어지는 무기들의 특징이
지요."

"……"

사내의 말에 고개만 끄덕인 무린은 창을 꼼꼼히 살폈다. 무
린이 현재 등에 매고 있는 창의 길이와 비슷한 건 전부 두 개.

나머지는 전부 그보다 짧았다.

무린은 장병(長兵)의 이점을 철저하게 살리는 전투를 한다.
그러면서도 근접전투에서도 일가견이 있었다.

근접은 물론 중장거리전도 무리 없이 소화하는 무린이다.

하지만 그래도 역시 무린은 좀 긴 창이 좋았다.

'무게감은 나쁘지 않아. 다만, 균형이 조금 맞지 않는군.
날 쪽이 좀 더 무거워.'

잠깐 들어본 결과 무린은 곧바로 결론을 내렸다.

창은 지금 들고 있는 것과 무게가 비슷했다.

하지만 제조 때 철이 고르게 퍼지지 않았는지 날 쪽으로 좀
더 무게가 쏠려 있었다. 미세하지만 무린이 이걸 못 느낄 리

가 없었다.

무린은 다른 창을 들었다.

역시 마찬가지.

이번에도 날 쪽으로 무게 중심이 아주 미세하게 쏠려 있었다. 범인이라면 결코 느끼지 못할 차이였다.

그래서 무린은 그냥 쓰기로 했다. 중요한 건 무기지, 무게 중심이 아니기 때문이다. 무린 정도의 경지면 그 정도 중심은 충분히 제어가 가능했다.

"이걸로 사겠습니다."

"열 개만 주십시오. 하하!"

"여기 있습니다."

은자 열 개로 값을 치룬 무린은 등에 메고 있던 철창을 내밀며 말했다.

"반으로 절단 가능합니까? 내일 일찍 떠나야 해서 지금 해 주셨으면 하는데……."

"이 봉… 아니, 창이군요. 일단 보겠습니다. 음……."

야장은 무린이 건넨 철봉을 주의 깊게 살폈다.

곳곳에 홈이 파이고, 긁혀서 하얀 살결을 내비치고 있는 무린의 봉을 보며 야장이 감탄을 터트렸다.

"굉장합니다. 아주 잘 만들어졌군요. 명장의 손길이 느껴집니다."

"……."

막야가 만든 놈이다.

어디 가서 칭찬받기 충분한 놈이란 소리다. 다만 쓰지 못하는데도 무린이 철봉을 반으로 쪼개달란 이유는 단병(短兵)으로 쓰기 위해서였다.

굳이 무기를 더 무장할 생각은 아니었지만, 단병도 충분히 다룰 줄 아는 무린이었다.

"날까지 같이 달아드려야 합니까?"

"가능하겠습니까?"

"네, 가능은 합니다. 다만 화덕을 죽여 놔서……."

무슨 소린지 파악한 무린은 전낭에서 은자 열 개를 다시 꺼냈다. 은자 열 개면 아주 큰돈이다.

사인 집안이 한 달 먹을 쌀가마니를 구할 수 있을 정도의 돈이었다. 하지만 무린은 이제 돈에는 욕심이 없다.

중요한 건 무기다.

다시금 전장으로 떠난다.

고련은 이곳 주산군도가 아닌, 안휘성이 될 것이었다.

"내일 묘시에 찾으러 오겠습니다."

"최선을 다하겠습니다."

야장의 말에 고개를 끄덕인 무린은 곧 밖으로 나왔다. 다시 객잔으로 돌아오자 늦은 저녁을 먹고 있는 정심과 이옥상이 보였다.

접접한 해풍을 맞아서인지 말끔하게 씻고 음식을 먹고 있었는데, 옆에 호리병까지 있는 걸로 보아 반주도 하고 있는 모양이었다.

긴장이 없는. 아니, 오히려 긴장을 해서 술을 마시고 있는 것 같았다.

"볼일은 끝났나요?"

"예, 내일 묘시에 출발하면 될 겁니다."

자리에 앉으며 말하자 둘은 고개를 끄덕였다.

무린은 손을 들어 소면과 소채볶음을 시켰다.

"……"

"……"

잠시 말없이 고요한 정적이 찾아왔다.

그러다가 무린은 젓가락이 조금씩 떨고 있는 걸 발견했다. 자신이 아닌, 정심의 손에 잡힌 젓가락이었다.

"긴장되십니까?"

"네?"

툭 나온 무린의 말에 정심은 화들짝 놀랐다. 그게 이미 긴장하고 있다는 증거였다. 무린은 눈빛을 살짝 굳혔다.

연정에게 들었다.

정심, 이 여인도 자신처럼 천명에 끌려가는 사람이라고.

광검과 연이 닿아 앞으로 환란에 필연적으로 개입하게 될 여인.

"혹시 뭍에 나가는 게 얼마만인지 물어도 되겠습니까?"

"음……."

무린의 질문에 정심은 젓가락질을 멈추고 생각에 잠겼다. 자신이 언제 들어왔는지 생각하고 있는 것 같았다.

그런데 대답은 정심이 아닌, 이옥상에게서 나왔다.

"내가 십이 년이고, 정심이 너는 나보다 이년 늦었으니… 십 년?"

"아, 사자 말이 맞아요. 십 년 정도 되었어요."

"……."

무린은 대답 대신 고개를 끄덕였다.

딱 봐도 정심의 나이는 자신보다 몇 살 아래다. 이미 꽃다운 나이는 지나고, 농익어 가는 나이였다.

그러니 십 년 전이면 여인으로써 가장 화사할 때. 그때 섬에 들어왔다는 게 필시 무슨 사연이 있을 것이라 무린은 생각했다.

'빌어먹을 운명에 끌려온 것이겠지.'

그리고 무린은 그 사연은 운명이라는 놈이 강제로 이끌었을 것이라 생각했다. 무린 본인처럼 말이다.

"오래되었군요. 경험은 있으십니까?"

"경험이라면······."

"전쟁 경험."

"아··· 아니요. 없어요."

무린은 돌려서 얘기하지 않기로 했다.

빙 돌려서 얘기해봤자 어차피 이해를 잘 못할 것이고, 좋은 말만 해주더라도 실제 전장에 도착하면 오히려 좋은 말이 악영향을 끼칠 것이기 때문이다.

차라리 현실을 직시 시키는 게 훨씬 처방전으로는 좋은 선택이다. 북방에서도 무린은 신병이 오면 괜찮아 하고 달래기보다는 지독한 현실을 얘기해 주고, 각오를 단단히 다잡게 했다.

그래도 태반은 공포, 혼란에 쌓여 창 한번 못 내지르고 죽어 나갔다.

실제 전장과는 규모의 차이가 있겠지만, 그래도 전장이다.

수백이 뒤엉켜 싸우고, 그 싸움이 끝난 후의 전장은 그야말로 지옥에 가깝다.

찢어진 팔 다리가 길가의 돌맹이보다 더 잘 보이고, 비온 뒤의 물웅덩이처럼 핏물이 사방에 고여 있다.

처음인 사람이라면 이건 사실 웬만한 정신력으로는 결코 눈 뜨고 볼 수 없다. 우웩! 하고 신물을 토해내고, 심하면 의식의 끈까지 강제로 놓게 된다.

그런 곳이 전장.

그러니 좋은 말은 필요 없다.

"잠깐, 진 공자. 뒷말은 하지 말아요."

"음?"

그런 마음으로 무린이 앞으로 해야 할 각오를 설명하려고 할 때, 이옥상이 나서서 무린의 말을 막았다.

왜? 라는 눈초리로 바라보자 이옥상은 그저 가만히 고개를 저었다. 그에 무린은 깨달았다.

내가 모르는 게 있구나.

'정신력의 문제인가?'

그렇다면 더 안 좋은데…….

버틸 수 없다면 차라리 안 가는 게 좋다.

"제가 알아서 할게요."

이옥상의 낮지만 단호한 말에 무린은 그냥 고개를 끄덕였다. 본인이 알아서 한다는데 더 나서는 것도 꼴이 우스웠다.

'참, 내가 지금 누굴 챙길 때가 아니지.'

자신의 사정도 마찬가지다.

드디어 모습을 드러낸 구양가 때문에 무린은 지금 안휘성으로 가고 있다. 다행히 절강성의 항주에서부터 안휘성까지는 늦어도 이틀이면 경계선을 돌파할 수 있다. 합비까지 총 예상소요시간을 무린은 일주일로 잡았다.

쉬지 않고 달린다는 가정 하에서다.

그 안에, 남궁세가와 구양가는 부딪칠까?

'부딪친다. 무조건 조우즉시 전투가 벌어질 거야.'

천하제일가는 걸어오는 도전은 결코 피하지 않는다. 동시에 구양가 역시 힘에 미친 무인들이다.

결코 대화 따위는 없을 것이다.

'어쩌면 이미 부딪쳤어. 다만 소식이 여기까지 오지 않을 것일 수도 있다.'

그럴 가능성도 매우 컸다.

제영대원이 본가에서 보낸 소식을 받는 데는 최소 며칠은 소요됐을 것이다.

최초발견 후, 하루 안에 소식이 각성으로 퍼졌다고 하더라도 며칠이면 구양가의 무인이 합비까지 올라오는데 충분한 시각이다.

'무사하십시오. 꼭!'

무린은 속으로 기도했다.

그 대상은 단 둘.

바로 어머니 호연화 중천이다.

무린이 지금 안휘성으로 가는 이유도 그 때문이었다. 다른 이유는 아예 존재치도 않았다.

남궁가의 패망?

바라는 일이지, 막아야 할 일이 아니었다.

무린이 남궁가와 맺은 연은 개인이다. 남궁가 자체가 아니었다.

자신의 몸에 흐르는 피의 반이 남궁가의 피라 하더라도, 무린은 확실하게 기준을 정하고 있었다.

자신은 남궁 성씨가 아니라, 진 씨 성을 가진 사람이라고 말이다.

욱씬.

갑자기 심장이 쿡! 하고 찔려서 통증이 올라왔다. 동시에 뇌리로 지잉! 미약한 진동까지 울렸다.

"윽!"

무린은 부지불식간 나오는 신음을 참지 못했다.

그런 무린의 신음에 정심이 곧바로 반응했다.

"왜요. 어디 아파요?"

"음……."

심장이 욱신거리고, 골이 지끈거렸다. 전에 느꼈던 통증이 다시금 재발한 것이다. 무린은 정심의 질문에 대답하지 않았다.

다만 인상을 쓸 뿐이었다.

'뭐지. 정말 단문영에게 무슨 일이 생겼나?'

아니, 무슨 일이 벌어졌다는 것은 알고는 있었다. 단문영이 크게 다쳤거나, 그에 준하는 무슨 일이 벌어졌다는 것을 무린은 느끼고 있었다.

'하지만 전에는 이 정도가 아니었는데?'

그때는 이 정도는 아니었다.

그저 울렁이는 느낌이었지, 이렇게 신음까지 저절로 뱉게 만들 정도로 통증을 유발하지 않았었다.

'이건… 심각하다. 정말 비천대에 무슨 일이 생긴 거야!'

그런데 이런 걸 내가 왜?

동시에 무린은 그런 생각도 했다.

이건 흡사 단문영이 보여주는 믿기지 않는 이능과 비슷했다. 단문영은 자의가 아닌 타의로 최초에 이런 것을 느꼈다고 했다.

주변의 누군가가 죽는 다는 것을 단문영은 느꼈고, 실제로 그 사람은 죽었다. 그리고 지금은 그걸 자의로 알 수 있다고 했다. 강제적인 게 아닌, 스스로 통제가 가능하다고 했었다. 그런데 지금은?

무린이 타의에 의해, 강제적으로 그런 것을 느끼고 있었다.

'설마… 동화되는 건가?'

그렇게 생각하면 말은 된다.

말은 되는데…….

믿기가 힘들다.

'불가해라는 게… 이 정도였나?'

의식, 생각을 읽는 것도 모자라 이제 그 사람이 가지고 태어난 권능(權能)과도 같은 힘을 공유한다고?

'말도 안 되는 소리!'

강호는 비현실이다.

현실적으로는 이해가 안 되는 세상이 맞다.

하지만 그래도 지금의 강호는 쇠퇴했다.

못해도 이삼백 년 전에는 검기를 뿌려대는 고수가 강가에 모래알처럼 많았다고 했다. 웬만한 중견 문파라면 검기의 고수를 수십씩 보유하고 있는 시대라고 했다.

하지만 지금은?

지금은 아니었다.

강호는 쇠락했고, 중견문파라면 어쩌다 겨우 하나 정도가 검기를 다룰 줄 아는 게 현 세상의 강호였다.

그럼 예전이라면 비익공의 불가해도 사실 이해가 간다.

'이건 위험해. 잘못하면…….'

서로가 가진 특징까지 강제로 동화된다면, 나중에는 의식이 아예 이어질지도 몰랐다. 그건 매우 위험한 일이 분명했다.

'아니, 잠깐… 지금 중요한 건 그게 아니다.'

진 공자. 진 공자님!

정심이 부르지만 무린의 생각은 멈춰지지 않았다.

'불길해. 누군가가… 죽는다? 누구지? 비천대? 어머니? 아니면 형님? 그도 아니면 단문영인가?'

지금 무린이 느끼는 감정은 불길함이다.

마치 무언가 터질 것만 같은 불길함.

길림?

아니면 안휘?

둘 중 한 곳이 분명할 것이다.

'빌어먹을…….'

그곳에서 분명 무언가 터진다.

화약처럼, 무린을 뒤흔들 사고가 터질 것이라는 직감이 들었다. 이건… 재수 없게도 너무나 확실하게 느껴졌다.

'이게 단문영이 느꼈던 기분이군…….'

더럽다.

도저히 말로는 설명 못할, 누군가가 죽는다는 불길한 직감.

몇 천, 몇 만리나 떨어져 있는데도 느껴지는 신기한 일이지만, 무린이게는 전혀 신기하게 다가오지 못했다.

분명히 믿지 못할 일이었다.

그러나 무린은 믿었다.

어디, 이런 일을 한두 번 당했어야지 말이다.

비익공이라는 어처구니없는 불가해와 엮여 있는 무린이

고, 천명, 운명, 숙명. 이런 피할 수 없는 명령에 움직이는 무린이기도 했다.

그러니 이것도 못 믿을 게 아니라는 소리다.

적어도 무린에게는.

'가야 된다. 그럼 어디로 가지? 길림? 안휘?'

우득!

주먹이 쥐어지면서 나는 소리가 무린의 심정을 너무나 확실하게 대변했다. 진 공자님! 하고 정심이 옆에서 다시 부르지만 무린의 귀로는 들어오지도 못했다.

'상황상 두 곳 다 위험하다. 이중에서 더 중한 곳을 찾으라면… 제길.'

어느 곳도 중요하다.

어머니도 형님도 중요하고, 비천대도 무혜도, 그리고 단문영도 중요하다. 조금이라도 덜 중요한 곳이 없었다.

'선택을… 해야 돼.'

강요하고 있었다.

참으로 이, 지지리 궁상맞은 운명은 지금 순간에도 어느 한 곳을 포기하기를 종용하고 있었다.

잘못 선택하면?

그것은 또다시 어마어마한 죄책감이 되어 무린을 덮칠 것이다. 정신을 송두리째 뒤흔들 것이다.

그것은 안 봐도 뻔했다.

무린이 창을 다시 든 이유, 그 이유는 어머니 호연화와 가족 때문이다. 그런 어머니가 현재 위험에 처할지도 모르는 상황.

그런 어머니를 다시 모시기 위해서 모여준 비천대. 무린이 살려준 목숨을 갚겠다는 일념하에 모인 이들은 현재 길림에서 고립되어 있다.

거기에 동생인 무혜도 군사로서 그들과 함께 하고 있고, 자신의 목숨을 쥐었다고 말해도 되는 단문영도 그곳에 있다.

'이건 섣불리 판단하면 안 된다.'

자신이 확실하게 필요한 곳으로 가야 한다는 생각을 한 무린은 결정을 보류했다. 무린의 선택은 잘 한 선택이었다.

만약 안휘성으로 갈 생각이었는데, 알고 보니 남궁세가가 구양세가를 쉽게 막아내고, 반대로 비천대가 피해를 입는다면?

닭 쫓던 개?

결코 그런 말로 무린의 심정을 설명할 수 없을 것이다. 어이없고, 허무한 정도로 결코 끝나지 않을 것이란 소리다.

그러니 이런 상황에서는…….

'정확한 정보가 필요하다. 항주에서 최대한 정보를 끌어모은 다음 움직여야겠어.'

다행히 무린이 가려는 항주는 큰 성이었다.

하늘에 천상이 있다면, 땅에는 소주와 항주가 있다는 말이 나올 정도로 중원 모든 문물의 집결된 성이다.

상단, 표국 등도 넘쳐나니 정보를 얻기도 쉬울 터. 더욱이 북풍상단도 있으니 도움을 받기 더욱 수월할 것이다.

제영대원 둘이 무린에게 붙어 있는 것도 큰 도움이었다. 정심과 이옥상에게 정보를 얻어 달라는 부탁, 할 수 있을 리가 없었다. 그런 상황에 제영대원 두 명은 무린에게 큰 도움이 될 것이다.

하나보다는 둘, 둘보다는 셋이 나으니까 말이다.

"진 공자님!"

쐐액!

범인이었으면 기겁을 할 만한 목소리로 아예 무린의 귀에다 대고 소리를 질러버린 정심 때문에 무린의 인상을 저절로 찌푸려졌다.

그에 이번에는 무린이 반응을 하자 정심이 씩씩 거리면서 말했다.

"제가 몇 번이나 불렀는지 아세요!"

"자, 죄송합니다. 잠시 생각할 게 있었습니다."

"그래도요!"

"죄송합니다. 그런데 왜 부르셨습니까?"

"아까 신음 흘리셨잖아요. 혹시 어디 불편한데 있나 물어보려고 불렀어요!"

"괜찮습니다."

무린은 딱 잘라 괜찮다고 했다.

통증은 있었다.

하지만 그건 고쳐질 통증이 아니었다. 정심이 어떻게 할 수 있는 부류가 아니라는 뜻이었다. 그리고 통증의 원인.

말해준다고 믿기는 할까?

바보취급 당하느니, 감내하는 게 낫다 생각한 무린이었다.

"먼저 쉬겠습니다. 내일 묘시에 이곳에서 뵙는 걸로 하겠습니다."

무린은 그 말을 남기고 일어났다.

정심이 다시 씩씩거리려고 했지만 이옥상의 제지로 그러지는 않았다. 방으로 올라간 무린은 가만히 가부좌를 틀었다.

'최대한 몸 상태를 끌어올려야 한다.'

아직, 내력은 완벽하게 회복된 상태가 아니었다.

예전의 길림성, 우챠이와 대결하기 전과 비교하면 거의 육할이 겨우 넘는다.

기잉! 기음과 함께 무린의 이마 앞으로 떠오른 삼륜의 크기가 그걸 증명했다.

깨어난지 이제 이 주 정도 지났나?

본래 사람이라면 정신적으로도 탈진했겠지만, 무린은 이륜공의 도움으로 그러지도 못했다. 애초에 나쁜 마음을 아예 잡아주는 공능을 가진 이륜공이었기 때문이다.

우웅.

기리리릭!

삼륜은 물론 이륜은 일륜까지 무린의 의지를 받고 가속하기 시작했다. 거칠게 도는 모양새가 흡사 나사가 빠진 마차의 질주처럼 보였다.

꿈틀.

무린의 눈가가 꿈틀거렸다.

삼륜공의 운공이 거슬렸기 때문이다.

지금까지는 삼륜공을 운기하면 질서정연하게 회전했다. 가속도 부드럽게, 그리고 천천히 예열을 하면서 회전했다.

그런데 지금은?

마치 고장 난 것처럼 삐걱거리는 감각이었다.

무린은 운공을 멈췄다.

"후우……."

사실 이 때문이었다.

이 주나 지났음에도 아직 내력을 십 할 회복하지 못한 건 이렇게 불안하게 굴러가는 삼륜공 때문이었다.

마치 터지기 일보… 직전의 모습?

길림성의 벽이며 바닥에 쑤셔 박아 최소 수백, 수천의 북원군을 몰살시킨 지뢰와 같았다. 잘못 건드리면 콰광! 굉음과 불꽃을 동반하고 폭발하는.

"뭐 하나… 제대로 되는 게 없군."

비익공으로 인화 동화에, 주변 상황, 굴러가는 정세.

게다가 삼륜공까지.

무린은 다시 정신을 집중했다.

불안하다고 해도 멈춰서는 안 되는 상황이었다. 최대한 내력을 회복시키는 건 역시 운공하는 수밖에 없기 때문이었다.

"후우……."

깊은 한숨과 함께 무린은 다시 삼륜공을 돌리기 시작했다.

주산에서의 하룻밤은 그렇게 깊어갔다.

*   *   *

묘시 초에 창을 회수한 무린이 항주에 도착한 건 역시 당일날 저녁이었다. 이번에도 정심과 이옥상을 데리고 곧바로 객잔으로 향했다. 그리고 자신의 생각을 말했다.

"그러니까 하루만 시간을 달라는 거죠?"

"그렇습니다. 반드시 알아볼 게 있습니다."

"비천대의 일인가요?"

"……."

무린은 고개를 끄덕여 대답을 대신했다.

그에 정심도 고개를 끄덕였다.

왜 모를까.

비천대를 생각하는 무린의 마음을, 겉으로는 결코 티를 내려 하지 않지만, 조금만 주의 깊게 본다면 무린의 분위기가 갑작스럽게 꺼질 때가 있다.

그때가 바로 무린이 비천대를 걱정할 때였다.

"그러세요."

"감사합니다."

굳이 정심에게 허락을 맡을 필요는 없었다. 다만 일행이기에 앞으로 할 일을 말했던 것에 불과했다.

간단하게 요깃거리를 시키고 기다렸다.

역시 항주.

늦은 시간임에도 객잔은 사람으로 붐볐다.

옷차림으로 보아 일반백성이 아니라 저마다 있는 집안 자제 같이 보였다. 그들은 항주에 관련된 시를 읊으며 흥에 취해 있었다.

덩실덩실 춤 출 때도 손에 잡혀 있는 술잔으로 보아 흥의 원인은 명백했다.

"이곳은… 평화롭네요."

"그렇군요."

정심의 말에 무린은 고개를 끄덕이며 수긍했다. 정말 그녀의 말처럼 항주는 평화로웠다. 많은 유람객 덕분에 퀴퀴하고 시큼한 냄새가 성 전체를 감싸고 있지만 그럼에도 항주는 불야성을 이루고 있었다.

이는 말 그대로 이곳이 현재 전쟁과 조금도 상관이 없기 때문이었다. 전쟁의 참화(慘火)는 중원의 내륙이 아닌 북쪽을 휩쓸고 있었다.

요녕, 길림은 아예 성의 기능이 정지된 상태였다.

특히 길림이 심했다.

수십만에 달하는 전쟁피난민이 생겼고, 또 그에 준하는 백성이 전쟁포로로 북원으로 끌려갔다.

애초에 길림성을 폭파시킬 수 있었던 것도 성의 인원이 거의 십분지 일로 줄었기에 가능한 일이었다.

그처럼 길림성의 가장 큰 성이라 할 수 있는 길림성이 그 정도였다. 장춘성은 말할 것도 없었다.

노인을 제외한 거의 전부가 북으로 끌려갔다.

그런데 이곳은?

술 몇 병에 흥이 올라 덩실덩실 춤을 추고 있었다. 으하하! 고성으로 떠드는 사람들은 애교였고, 군데군데 목에 핏대를 세우고 서로에게 손가락질을 하는 사람들도 보였다.

와장창! 쨍강!

탁자가 부서지고 술병들이 하늘을 나는 건 기본정도일까?

하지만 이곳은 항주.

낮보다 밤이 더욱 활발한 중원에서 몇 안 되는 성 중에 하나였고, 그 몇 안 되는 성 중에서도 소주와 함께 일이 위를 다투는 곳이 바로 이곳, 항주였다.

"꼴불견이네요."

주변의 어수선함 때문에 입맛이 달아났는지, 정심이 작게 중얼거렸다. 정심의 말은 소란에 묻혀 무린과 이옥상에게만 전달되고, 주변으로 퍼지지는 못했다.

섬에만 거의 있었고, 뭍으로 나온다고 해도 항주는 거의 오지 않은 정심에게 이곳의 소란스러움은 참지 못할 고문에 가까웠다.

"이해해, 그냥. 이것도 사람 사는 방법 중 하나야."

"그래도 저렇게까지 술을 마셔서 좋은 게 뭔지 모르겠어요."

이옥상의 말에도 정심은 고개를 절레절레 저었다.

어릴 적에는 분명 도성에 살았지만 철이 들고 나서부터 지금가지는 조용한 섬에서만 살았기 때문에 정심이 이해 못하는 것도 이상한 건 아니었다.

무린은 그런 정심을 힐끔 봤다가, 이내 다시 고개를 돌리고 청각을 집중했다. 이런 객잔에서는 수많은 정보가 오간다. 그 중 진짜는 몇 개 안 되지만, 가끔씩 제대로 된 정보도 오가기 마련이다.

이십 개에 가까운 자리 중, 진지한 대화를 하는 곳도 제법 있었다.

무린은 그 모든 대화에 귀를 기울였다.

아무리 소란스럽다고 해도 이 정도는 경지에 든 무인이라면 너무나 쉽게 가능한 얘기였다. 시작은 역시나 '자네 그거 들었나?' 틀에 박힌 말로 시작했다.

"지금 산해관 너머는 아주 난리야, 난리."

"전선이 엄청 치열해졌어."

"북경도 마찬가지야. 전쟁 얘기만 잘못해도 목이 떨어진다는군!"

소곤소곤 떠드는 모양새에, 각자 옆에 내려둔 커다란 봇짐을 보니 보부상 같았다.

보부상은 등에 커다란 궤짝이나 봇짐을 메고 상행을 하는 일인상단이다. 물론 규모를 크게 키워 하기도 하지만 보통 이렇게 마음 맞는 상인 몇몇이 뭉쳐 다니기는 경우가 대부분이었다.

중원 곳곳, 안 가는 곳이 없는 만큼 이들은 정보에 대해서 상당히 민감했다.

"큰일 났군. 원 대감한테 부탁받은 물건이 있는데……."

"자네만 그런가? 우리 전부 원 대감한테 부탁받지 않았나……."

"근데 지금 북경이 그 모양이니……."

말 한마디 잘못하면 목이 떨어진다고 했다.

물론 선덕제의 의지는 아닐 것이다.

'전선이 요동치는 모양이군. 하지만 이건 선덕제 폐하의 결정은 아닐 거야.'

그는 흉포한 황제가 아니니 말이다.

직접 만나 본 무린은 선덕제를 직접 알현한 적이 있었다.

그 자리에서 정오품의 관직도 받았고, 지금의 비천대가 존재할 수 있게 했던 금의위만 받는다는 영약도 받았다.

그때 느꼈던 것은 선덕제가 흉악한 황제가 아니라는 것.

그는 인품을 가진 황제였다.

'하지만 중요한 건 그게 아니야. 단속을 한다는 것은 현재 산해관 너머가 범상치 않게 돌아간다는 증거.'

명이 밀고 있던지, 북원이 우세하던지, 둘 중 하나일 것이다.

하지만 무린은 하자는 아닐 것이라 생각했다.

장양성 대장군이나 호언량 장군이 그렇게 쉽게 격파 당할 리 없는 위인들이기 때문이다. 밀면 밀었지, 밀리지는 않을 것이란 소리다.

'길림성의 폭파가 도화선에 불을 붙였어.'

무린은 무혜의 계략에 따라 길림성을 사용불가의 성으로 만들어버렸다. 터진 지뢰와 집집마다 해놓은 작업으로 불길이 길림성 안의 삼분지 이를 휩쓸었다.

모조리 타고, 재만 남았다.

이는 한쪽에게 사기의 상승을, 다른 한쪽은 반대로 사기의 하락이라는 결과를 불러 일으켰다. 뒤가 불안한 전쟁은 언제나 불리한 입장인 것이다.

그에 양측 다, 이제 승부를 볼 생각을 한 것이다.

기세를 타고 적을 밀어버리려고 생각한 것은 당연히 장양성 대장군.

더 이상 사기의 하락이 있기 전에 승부를 보려고 하는 천리안 바타르.

'지금의 적기다' 라는 생각과 '시간을 끌면 필패다' 라는 생각을 두 우두머리가 동시에 한 것이다.

그 생각을 시킨 것이 바로 비천대였다.

"가야겠지. 일단 북경으로 올라가면서 상황을 지켜보자고."

"그러세. 그런데 목화는 어찌해야 할지… 후우."

"아, 목화… 안휘성도 지금은 위험해. 근데 원 대감이 하필

합비상단의 목화를 구해달라고 하니…….''

무린은 모든 생각을 접었다.

그리고 저 보부상들의 대화에 다시 집중했다. 합비의 이름이 나왔기 때문이다. 뭔가 알고 있는 게 있을까?

"내가 아는 지인을 통해 들었는데… 약속기한을 좀 늦더라도 합비는 나중에 가는 게 좋겠어. 아니면 다른 곳에서 구하든가."

"왜?"

"소요진에서 구양가와 남궁가가 붙을 모양이야."

"억! 그게 참인가?"

"남궁세가의 사람에게서 들은 말이니 아마 분명하겠지. 그친구도 지금 급히 남궁세가로 복귀하고 있네."

"음……."

소요진.

예전에 무린이 남궁세가에 방문했을 때 비담이라는 무인을 폐기시켜버린 곳이다. 더불어 위, 촉, 오의 삼국시대. 그당시의 장군 위나라 장군 장료의 신화가 살아 숨 쉬는 대지다.

그런 곳에서 남궁세가와 구양세가가 맞붙는다.

"빨리 가야겠네요."

"……."

정심도 그 말을 들었는지 작은 목소리로 무린에게 말했다. 무린은 그에 고개를 끄덕였지만, 말은 아꼈다.

아직 비천대의 소식을 모르기 때문이다.

제영대원 둘이 현재 알아보고 있지만 사실 확신은 못한다. 말했듯이 이번에는 정말 신중하게 결정해야 했다.

천추의 한을 남기기 싫다면 말이다.

'정말 미치겠군…….'

저울대에 오른 것처럼 마음이 이리저리 기울었다. 어느 하나 중요하지 않은 게 없기 때문에, 마찬가지로 어느 한쪽에 무게를 실을 수가 없었다.

"남궁세가와 마도일가라의 전쟁이라… 적벽에 버금가는 대결이 되겠어요."

이옥상의 말에 무린의 눈동자가 꿈틀거렸다.

마치 남 얘기하듯 나온 어조 때문이었다.

아니, 남 얘기가 맞긴 했다. 이옥상은 같은 정도라는 것을 빼면 남궁세가와 아무런 접점이 없었다.

'짜증나는군.'

꿈틀. 머릿속에서 은밀한 그림자가 사삭 움직이는 게 느껴졌다. 그에 무린의 눈매가 또 꿈틀거렸다.

즉시 파악한 탓이다.

'이 와중에 혼심까지…….'

혼심이 날뛴다.

아니, 날뛰기보다는 활동을 시작했다고 말하는 게 옳을 것이다.

단문영과의 만남 이후, 혼심이 움직인 적은 단 한 번도 없었다. 그런데 지금 혼심이 움직인다는 것은 역시 단문영에게 무슨 일이 생겼다는 것을 의미했다.

'무슨 일이 분명히 있는 거야. 그래서 통제를 못하고 있어. 이건 그렇게밖에 설명이 안 되겠어.'

단문영이 느끼는 것을 무린도 느꼈다는 것만 봐도 그렇다. 이런 일이 벌어질 리가 없는데 벌어지고 있다는 것은……

분명히 비천대에게 무슨 일이 벌어졌다는 것을 의미했다.

무린은 일단 진정했다. 혼심을 다루는 것은 이제 어느 정도 익숙하다.

절대, 절대 흥분만 안 하면 되니까.

혼심은 마음이 흐트러질 때 그 속을 파고 들어오는 특성을 가지고 있기 때문에 반대로 평정이 깨지지 않으면 활동 자체를 안 하는 녀석이다.

심호흡 몇 번과 이륜공을 돌림으로써 혼심을 다시 잠재운 무린은 가만히 생각에 잠겼다.

일단은 단문영의 상태.

'구해달라는 신호인가?'

그럴 수도 있었다.

어쩌면 위험에 처했기 때문에 일부러 혼심을 움직이고 있다는 것도 하나의 가정에 넣을 수 있었다.

'비천대로 방향을 잡게 된다면… 문제는 위치다.'

현재 비천대의 정보는 거의 없다.

비천객과 소전신과의 전투, 그리고 길림성을 터뜨려 버린 이후 비천대의 정보는 거의 새로운 것이 없었다.

그냥 전투 없이 도망다니고 있다.

북원군이 눈에 불을 켜고 찾고 있다 정도가 전부일 것이다.

이건 아군 쪽에서도 정보를 통제하고 있다는 뜻이었다. 퍼지는 순간 적에게 되돌아가는 것은 일도 아니기 때문이다.

그래서 무린도 지금의 비천대가 어디에 있는지 정확히 알지 못하고 있었다. 즉, 길림성으로 들어가 봐야 헤맨다는 소리다.

그건 나아가 무의미한 시간을 보낼 수도 있다는 뜻으로 귀결된다.

'그런 상황에 만약 남궁세가가 구양가에게 져서 궤멸한다면? 형님이나 어머니에게 무슨 일이 생긴다면?'

상상하기도 싫었다.

죄책감을 넘어서는, 어쩌면 정신이 붕괴당할지도 모를 정도의 타격이 심령에 올 것이라는 알기 때문이다.

'오늘이 가기 전, 늦어도 내일 새벽까지는 결정을 내려야 돼.'

더 이상 시간을 끌 수는 없었다.

이곳에서 시간만 잡아먹고 있다가는 양측 다 좋지 않은 결과가 나올 수도 있었다. 그건 어느 한쪽에 안 좋은 일이 생기는 것보다 더욱 사양이다.

여러 가지 상황에 결단을 내려놓아야 할 상황.

'제영대원을 믿어보고… 비천대의 정보가 없을시 합비로 간다.'

무린은 호언장담한 제영대원이 만약 비천대의 정보를 못 알아올 시, 합비로 가겠다고 결정을 내렸다.

없는 정보를 찾아 떠도는 것보다, 확실한 곳으로 가는 게 훨씬 효율적이기 때문이다. 먼저 쉬겠다고 올라간 정심과 이 옥상. 둘이 떠나고 반 시진 정도를 기다리자 사내 하나가 다 가왔다.

"진 무린 대협 되십니까?"

나직하게 나온 말에 무린은 가만히 그 사내를 바라봤다. 삼십 대 중반의 나이로 보이는데 얼굴의 윤곽이 뭔가 부자연스러워 보였다.

범인이라면 못 알아보겠지만 무린은 확실하게 알아보았다. 게다가 목 아래쪽에서 피부가 극명하게 갈리는 걸 앉을 때 숙여지는 상체 사이로 본 것이다.

'인면피구.'

볼 것도 없었다.

"맞습니다만."

"충, 당두 금영입니다."

"진 무린입니다."

나직한 인사에 무린도 인사를 했지만, 순식간에 머리는 의문으로 가득 찼다. 동창의 당두가 찾아왔다?

'그것도 당두급의 고수가?'

동창은 보통 번역, 당두, 첩형, 공공. 또는 제독동창의 직위로 나누어진다. 뒤로 가면 갈수록 그 직위가 당연히 높아지는데, 여기서 당두는 간단하게 비천대로 따지면 최소 조장급의 무인이다.

특무(特務), 말 그대로 특수한 임무만 맡는 기관이기 때문에 일반적인 일에는 절대 끼어들지 않는 것이 동창. 북방에 십오 년을 있었던 무린이 그러한 사실을 모를 리가 없었다.

서당 개 삼년이면 풍월을 읊는다고도 하는데, 무린은 십오 년을 있었으니 귀엣말로 들은 것만 해도 웬만한 건 다 알고 있었다.

그런 동창의 당두가 지금 눈앞에 있었다.

의문은 당연히 '나에게 왜?'로 이어졌다.

"황상께서 주산군도는 물론 절강성 일대에 이미 동창요원이 전부 퍼져 있었습니다. 진 소협에게 전언이 있어서 말입니다."

비천객이란 명호도, 정오품의 정천호로 부르지도 않는다. 공식적인 일이 아니라, 사적인 일이란 소리였다.

"……"

무린은 가볍게 고개를 끄덕였다.

만약 어지(御旨)라도 내렸다면 당장 무릎부터 꿇어야 했을 것이다.

"자리를 옮기시겠습니까?"

"……"

이번에도 대답 대신 고개를 끄덕인 무린은 화주와 안주 값을 계산하고 오른쪽의 계단으로 올라갔다. 그리고 세 번째 층에서 첫 번째 방으로 들어갔다.

무린의 방이었다.

탁자에 앉자 금영이 바로 앞에 앉았다. 그리고 팔뚝을 걷고, 살갗을 잡아 뜯었다.

무린은 놀라지 않았다.

이 또한 진짜 피부가 아님을 안 것이다.

얼굴에 쓴 인면피구보다 정교한 인피가 뜯겨지자, 그 안에 동창을 뜻하는 창위의 문신이 보였다.

무린도 들어 알고 있는 문양이라 고개를 끄덕였다.

그렇게 자신의 정체를 확인시켜준 금영은 다시 피부를 붙였다. 그리고 가루 같은 걸 꺼내 문지르니 감쪽같이 틈이 사라졌다.

"몸은 어떠십니까? 황상께서 소전신과의 생사결을 듣고, 궁금해 하십니다."

"보시는 데로. 괜찮습니다."

"다행입니다. 일단 이것부터 드리겠습니다, 황상께서 하사하신 선물입니다."

그렇게 말한 금영은 봇짐을 꺼내 펼쳤다. 그러자 길쭉한 검은색 묵봉 두 개가 들어 있었다. 아니, 하나는 단창이었다.

봉신에는 정교한 흑룡이 승천하고 있었다. 물결처럼 승천하는 흑룡은 아가리에 여의주를 물고 있었는데, 그건 다른 광석을 박은 것처럼 보였는데 광택을 보이지는 않았다. 무광의 여의주를 물은 흑룡.

"무릎은 꿇지 않으셔도 됩니다. 이건 사적인 자리니까요."

"……"

무린은 자리에서 일어나려다가 들려온 금영의 말에 다시 자리에 앉았다. 무릎을 꿇지 않아도 된다 했지만 그래도 무린은 두 손으로 공손히 받았다.

이미 무린은 전에 쓰던 철창을 반토막내 만든 단창 두 개와, 철창 한 자루를 지니고 있긴 했다.

하지만 손에 든 흑봉은 만지는 순간 서늘함이 흘러들어오면서 지니고 있는 무기 따위는 생각도 안 나게 만들었다.

철컥.

단창과 단봉에 끝에 난 홈을 보고 무린은 혹시 하는 마음으로 밀어 넣었다. 그러자 가벼운 기음과 함께 단창과 단봉은 한 자루의 창이 되었다.

"호오······."

"여의주를 누르면 다시 둘로 분리됩니다."

철컥.

그 말에 여의주를 눌렀다. 그러자 바로 창이 가벼운 탄성과 함께 나눠졌다. 그리고 다시 단창과 단봉이 되었다.

각 무기의 길이는 사척은 넘고 오 척은 안 된다. 딱 그 중간 정도. 합치면 구척이 조금 안 되는 길이.

무린이 전에 쓰던 철창과 엇비슷한 길이다.

주산에서 산 철창이 팔 척이 조금 넘었지만 역시 길이가 조금 짧아 아쉬웠는데, 이 합체형 철창은 정말 마음에 들었다.

어느새 무린은 미소를 보이고 있었다. 그걸 본 금영이 가볍게 웃었다.

"마음에 드시는 것 같아 다행입니다."

"감사합니다."

다른 말이 필요할까?

그 같은 무린의 인사에 금영은 고개를 저었다.

"정천호께서 해주신 일에 비하면 약과입니다. 아니, 정말 조족지혈에 불과합니다. 황상께서는 더 드리지 못하는 것을 매우 안타까워하시고 계십니다. 영약도 현재 금의위를 다시 연성시키느라 다 써버려서… 해서 겨우 생각한 게 이놈, 비천 흑룡입니다."

"비천흑룡?"

"그렇습니다. 아, 황상께서 완성된 무기를 직접 손으로 만 져보시고, 두 눈으로 확인하신 뒤 내리신 이름입니다."

"비천흑룡이라……."

유치한 이름이었다.

하지만 이만큼 잘 어울리는 이름도 없었다.

비천객, 그리고 비천대.

복장은 언제나 가죽갑옷 외에 검은 무복.

비천이라는 단어와 묵색은 어느새 비천대에서 떼려야 뗄 수 없는 관계였다. 그런 의미에서 나온 게 바로 비천흑룡.

"아마, 웬만한 공격과 무기에도 흠집 하나 안 날겁니다. 북 경 최고의 야장이신 만병공이 만드신 무기니까요. 하하."

"만병공."

만병공(萬兵工).

처음 듣는 별호였다.

이 이름은 무린도 들어본 적이 없다. 그러나 별호에서 느껴지는 광오함이 고스란히 느껴졌다. 그리고 그런 별호를 아무렇지 않게 부르는 걸로 보아, 정말 실력이 있는 야장이라는 것을 알 수 있었다.

다시 한 번 고개를 숙여 인사한 무린은 금영을 직시하고 물었다. 동창은 정보기관 쪽에 가깝다.

현재 비천대의 조장인 갈충의 조직보다는 못하나, 그래도 정보 쪽으로는 확실히 일가견이 있는 기관.

"비천대의 소식을 들은 게 있습니까?"

차분하게 물었지만, 무린은 가슴이 두근거리고 있음을 느꼈다.

혹시 알까? 알고 있다면 과연 어떤 말이 나올까. 등등.

그게 무린의 가슴이 두근거리는 이유였다.

"오기 전에 받았습니다. 비천대는 현재 강릉도에 도착했습니다. 그리고 곧바로 인주로 출발했다고 했습니다."

"강릉도? 인주?"

"그렇습니다. 강릉도 조선의 동쪽 바다에 있는 성입니다. 인주는 조선의 서쪽 바다, 저희 명과 지척거리의 성입니다."

"그럼……"

"예, 며칠 내로 아마 북풍상단의 상선을 통해 항주로 도착할 것입니다. 아무리 늦어도 십일은 넘지 않을 것이라 생각됩니다."

"후우……."

무린은 안도했다.

동창의 정보라면 절대적으로 믿을 만했다. 그리고 자신에게 거짓말을 하고 있을 여유도 없었다.

그에 무린은 깊은 안도의 한숨을 토했다.

하지만.

"다만……."

"음?"

"고립되어 있을 때는 잘 피해 다녔다고 합니다. 하지만 마지막 탈출 때 꽤 피해가 있었습니다. 파악되기로 강릉도에 도착한 비천대원은… 백 하고 열여섯 명."

"……."

"게다가… 그중 삼분지 일이 중상을 입었고, 둘은 사경을 헤매는 상태라 합니다."

"……."

죽는다.

계속해서… 죽는다.

내 전우가, 내 동료.

나를 위해 모인 이들이… 아무도 알아주는 이 없는 땅에서 죽어나가고 있었다.

으드득! 누구 탓인가.

"사경을 헤매는 둘은 누굽니까."

목소리가 착 가라앉았다.

감정을 최대한 억제하고 있는 탓이었다.

"암행 좌군중랑장 부 소속 제 십칠조 조장 관평, 그리고…
만독문의 단문영입니다."

"……"

단문영은… 예상했다.

자신에게 벌어지고 있는 동화와, 혼심의 발작으로 분명히
예상했다. 그런데 그에 더해 관평까지…….

속이 뒤틀리는 기분이었다.

그러나 무린의 속을 더욱 뒤틀 소식은 아직 남아 있었다.

"배화교 백면대주와 창천유검은 행방불명입니다."

"……"

뭐?

무린의 두 눈을 확 치켜떠졌다. 다른 사람도 아니고 백면과
남궁노사가 행방불명이란다. 이게 말이나 될 법한 소린가?

둘은 강하다.

하나는 무린도 승부를 장담할 수 없고, 다른 하나도 지칠
때까지 싸워봐야 겨우 이길 수 있을 정도의 강자다.

그런 둘이 행방불명?

"농담 마십시오……."

"정말입니다. 이 소식은… 비천대의 군사가 직접 적어 보낸 서신을 그대로 읽어드리는 겁니다."

"……."

비천대의 군사.

무혜가 직접 보낸 서신이다.

그렇다면 정말 모든 게 현실이라는 소리였다.

"아아……."

무린의 입에서 바람 빠지는 소리가 났다. 허탈함이 가득 새어 나오는 소리였다. 언제나 다짐만 하고, 결국 지키지는 못한다.

헛되이 그 목숨 버리지 않게 해준다고 그렇게 약조해 놓고, 이번에도 지키지 못했다. 전우가 그렇게 죽어 가는데… 자신은 지금, 이곳에 있다.

"비천대가 이곳에 도착하려면… 얼마나 걸릴 것 같습니까."

"일주일 정도 걸릴 것이오."

"일주일이라……."

기다린다.

당장 남궁세가도 중요하지만… 무린은 기다리는 걸로 결

정지었다.

면목이 없다. 비천대를 볼 낯이 사라져갔다.

뭐 하고 있나… 자괴감이 들었다.

"이제 제가 찾은 마지막 이유입니다."

금영은 무린의 기분을 알면서도 말을 꺼냈다.

"해보십시오."

힘없는 목소리.

그래서 맥 빠지는 대답이었다.

"황상께서 만나기를 원하십니다."

황상이 보기를 원한다.

부탁이 있나 보군.

무린은 이유를 깨달았다.

하지만 지금 당장 갈 수는 없었다.

"지금 당장은 힘듭니다."

"황상께서도 알고 계십니다. 본래라면 안 될 일이지만, 모든 걸 이해하고 계시니 남궁세가의 일이 마무리 되면… 신궁전을 조용히 찾아주시면 됩니다."

"……."

다른 이도 아니고, 당금 명나라 황제인 선덕제가 보고 싶다고 한다. 거기다가 비공식적으로다가.

그것은 부탁할 게 있다는 뜻이다.

거절할 수 없음을 무린은 깨달았다.

"알겠습니다."

"감사합니다. 그럼."

금영은 바로 일어났다.

그리고 뒤도 돌아보지 않고 방을 나갔다.

무린은 나가는 금영을 배웅하지 않았다. 아니, 못했다.

비천대에 대한 걱정이, 자리에서 움직이지 못하게 한 것이다.

시간은 속절없이 흘렀다.

'제발, 제발 무사해라……'

관평과 단문영.

절대, 절대로 둘 다 죽어서는 안 되는 인물이다. 단문영이야 누누이 설명했으니 말이 필요 없었고, 관평은… 전우이고, 부하이기도 하지만, 이제는 정말 동생 같은 녀석이었다.

남동생.

여동생만 둘 있는 무린에게 관평이나 장팔은 정말 동생처럼 느껴졌다. 다만 표현을 안 한다 뿐이지, 정말 아끼는 녀석이었다.

게다가 관평이 무혜에게 관심을 가지고 있는 것도 알고 있다. 아니, 관심 이상의 감정을 가지고 있었다.

이 일만 끝나면, 환란만 막는다면 둘이 이어주고 싶었다.

매제(妹弟)로 삼아도 결코 조금도 부족하지 않은 녀석이었다.

성품부터 뭐하나 빠지지 않는 녀석.

'살아만 와라. 내 무슨 수를 써서든 살려줄 테니!'

살아만 온다면, 무린은 정말 무슨 수를 써서라도 관평을 되살릴 것이다. 금영은 말은 하지 않았다.

그저 사경을 헤매고 있다고 했다.

하지만 무린은… 불길하게 올라오는 감정을 참을 수가 없었다. 너무나 제대로 느끼고 있었다.

단문영이 그랬던 것처럼.

사경을 헤매는 정도가 아니라… 가망이 없는 게 아닐까? 그런 생각이 들었다. 들면 안 되는데도, 계속해서 들었다.

'제발… 신이 있다면 제발 이번 한번만……'

기도까지 드렸다.

입술을 꽉 깨물고, 흘러내리는 피를 제물 삼아 믿지도 않는 신께 기도를 드렸다. 원시천존이고, 석가모니건 상관없이 제발 살려달라고 빌었다.

하지만 신은 원래.

소원은 잘 들어주지 않는다.

속절없이 시간이 흐르고.

무린은 마주했다.

싸늘히 식어버린⋯ 관평을.
그의 눈은, 감겨 있지 않았다.

『귀환병사』14권에 계속⋯

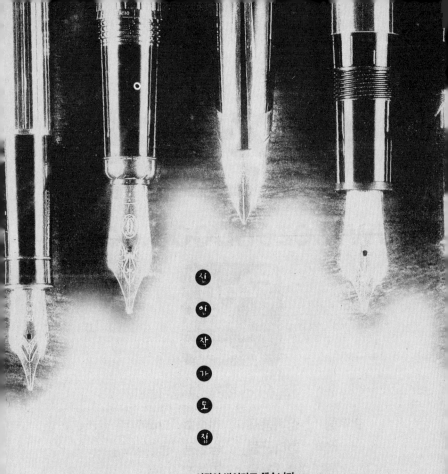

이경영 판타지 장편 소설

이제는 그 전설조차 희미해진 옛 신계, 아스가르드.

그 멸망한 신계의 전사가 새로운 사명을 품고 다시금 인간들의 곁으로 내려온다.

렘런트라는 이름의 적들, 되살아나는 과거,
그리고 가치관의 차이.
그 모든 것들과 맞서 싸우려는 그녀 앞에 신은 단 한사람의 전우를 내려준다.

그는 붉은 장발의, R의 이름을 가진 남자였다!

초대작 「가즈 나이트」의 부활!
신의 전사들의 새로운 싸움이 지금 시작된다!

LORD

FANTASY FRONTIER SPIRIT

영주 레이샤드

RAY SHADE

한승현 판타지 장편소설

저주받은 영지 아베론의 영주 레이샤드.
열다섯 번째 생일날,
정체불명의 열쇠가 그의 운명을 바꾸었다!

『영주 레이샤드』

시험의 궁을 여는 자, 원하는 것을 얻으리니!
시련을 극복하고 새로운 땅의 주인이 되어라!

레이샤드의 일대기가 시작된다!

Book Publishing CHUNGEORAM

FANTASTIC ORIENTAL HEROES

용훈 新무협 판타지 소설

무림공적, 천살마군 염세악!
검신 한호에게 잡혀 화산에 갇힌 지 백 년.

와신상담… 절치부심… 복수무한…

세월은 이 모든 것을 잊게 하고
세상마저 그를 잊게 만들었다.
하지만.

"허면 어르신 함자가 어찌 되시는지……"
우연한 만남, 자신도 모르게 튀어나온 원수의 이름.
"그게… 한, 한호일세."

허무함의 끝에서 예기치 않게 꼬인 행로.
화산파 안[in]의 절세마인, 염세악의 선택!

원생 新무협 판타지 소설
FANTASTIC ORIENTAL HEROES
천예무황
진짜배기 무협의 향기가 온다!
『천예무황』
산중에서 평화로이 살던 의원 설운.
평범하게만 보이는 그에게는 씻을 수 없는
과거가 있었으니…….
칠 년의 세월을 지나
피할 수 없는 과거의 업(業)이 다시 찾아온다.
'잊지 마오.
세상 모든 사람이 다 그대를 잊은 그때에도
나는 그대를 기억하고 있음을.'
정(正)과 마(魔)의 갈림길.
무림을 덮은 혈풍 속에서 선(善)의 길을 걷다!
Book Publishing CHUNGEORAM
유행이 아닌 자유추구 -
www.chungeoram.com

말년병장, 이등병되다!!

에바트리체 장편 소설

FUSION FANTASTIC STORY

대한민국 남자라면 알고 있을 바로 그 이야기!

『말년병장, 이등병 되다!』

전역을 코앞에 둔 말년병장, 이도훈.
꼬장의 신이라 불리던 그가 갑자기 훈련병이 되었다?!

"…이런 X같은 곳이 다 있나!"

전우애 넘치는 군인들의
좌충우돌 리얼 군대 이야기!

LORD

FANTASY FRONTIER SPIRIT

RAY SHADE

영주 레이샤드

한승현 판타지 장편소설

저주받은 영지 아베론의 영주 레이샤드.
열다섯 번째 생일날,
정체불명의 열쇠가 그의 운명을 바꾸었다!

『영주 레이샤드』

시험의 궁을 여는 자, 원하는 것을 얻으리니!
시련을 극복하고 새로운 땅의 주인이 되어라!

레이샤드의 일대기가 시작된다!

Book Publishing CHUNGEORAM

유행이 아닌 자유추구 -
WWW.chungeoram.com

FANATICISM HUNTER

광신사냥꾼

류승현 판타지 장편 소설

FANTASY FRONTIER SPIRIT

『블레이드 마스터』의 류승현 작가가 펼쳐내는
판타지의 새로운 신화!

마도대전을 승리로 이끈 유리언 대륙의 영웅,
최강의 아크 메이지 제온!

그러나 '세상의 섭리'에 아내와 아이를 빼앗기는데……

『광신사냥꾼』

만약 그것이 정말로 세상의 섭리라면,
그마저도 무너뜨리고 말리라!

복수를 위한 제온의 위대한 여정이 시작된다!

Book Publishing CHUNGEORAM